Ulrich Klocke

# Das Geheimnis der Hexentüren

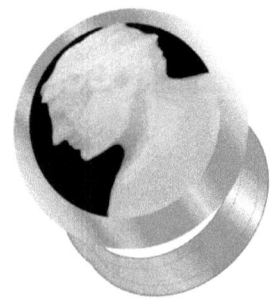

Der Ring
des
Columban

# Inhalt

Das Geheimnis der Hexentüren
Originalausgabe
November 2017
© Ulrich Klocke 2017

Umschlaggestaltung: Ulrich Klocke
Graphik: Ulrich Klocke


Herstellung und Verlag:
BoD - Books on Demand
ISBN: 978-3-7460-1882-9

# Für Eliza

# 1. Monia

„Mist, verschlafen!" Tom sprang mit einem Satz aus dem Bett, griff sich ein frisches T- Shirt aus dem Regal, streifte seine Jeans über und schlüpfte barfuß in die Turnschuhe. Während er sich mit der einen Hand noch das Shirt über den Kopf zog, schnappte er sich mit der anderen seine Schulmappe. Krachend flog die Wohnungstür ins Schloss. Er stürmte mit riesigen Sätzen die Treppe hinunter. Dann war da plötzlich dieses rothaarige Mädchen, mit der großen Palme im Arm und dem erschrockenen Blick. Tom versuchte noch, ihr auszuweichen. Zu spät. Ein empörter Schrei, der Topf mit der Palme zerdepperte auf dem Fußboden und das Mädchen hielt sich ihren schmerzenden Arm. Tom murmelte ein flüchtiges „Tschuldigung, keine Zeit!", und schon war er zur Haustür hinaus. Die Uhr der Apotheke gegenüber zeigte gerade zehn Minuten vor acht. „Das wird knapp!" Tom setzte sich in Trab. Zum Glück war die Fußgängerampel an der Kreuzung auf Grün.

Ausgerechnet heute musste er verschlafen. Sie schrieben in der ersten Stunde eine Mathearbeit. Er stand nicht besonders gut in diesem Fach und hatte deshalb bis in die Nacht hinein gepaukt. „Pauken bis in die letzte Minute und dann verschlafen. Na typisch Tom Wolters." würde seine Mutter jetzt sagen. Aber die schlief ja zum Glück noch. Sie ist Krankenschwester und hatte gestern Abend Spätschicht. Tom hoffte nur, dass sie nicht wach geworden ist, so, wie er mit der Tür geknallt hatte. Das mit der Palme tat ihm leid. Jetzt wird das Mädchen wohl den Flur fegen müssen. Peinlich war ihm die ganze Sache schon. Ihm war nämlich auf einmal klar geworden, wer das Mädchen auf der Treppe gewesen ist. Das konnte nur die Tochter der neuen Nachbarin gewesen sein, die auf ihrer Etage eingezogen ist. Tom selbst hatte sie noch nicht gesehen, aber seine Mutter hatte schon von den beiden erzählt und dass die Frau in dem leerstehenden Geschäft unten im Haus einen Bio-Laden einrichten will. „Na, die werden ja gleich den richtigen Eindruck von mir bekommen haben!" Er zuckte mit den Schultern. Was soll`s? Er musste sich sputen. Mathe war jetzt wichtiger

In der zweiten Stunde, der Unterricht hatte gerade begonnen, klopfte es an der Klassenzimmertür. Der Direx kam rein. Und Toms neue Nachbarin. „Kinder, ich möchte euch eure neue Mitschülerin vorstellen! Das ist Monia Magus. Sie ist erst kürzlich von Paderborn nach Hamburg gezogen und wird hoffentlich bis zum Ende ihrer Schulzeit bei uns bleiben. Seid nett zu eurer neuen Klassenkameradin! Das mir keine Klagen kommen!"

Frau Rodenberg, die Klassenlehrerin, begrüßte Monia, nahm sie beim Arm und blickte sich suchend um. Tom ahnte Fürchterliches! Ausgerechnet neben ihm war noch ein Platz frei. Und genau diesen steuerte Frau Rodenberg jetzt an! „Am besten setzt du dich neben Tom. Der beißt nicht. Obwohl er im Augenblick so aussieht." Das ging wohl gegen ihn und seinem entsetzten Gesichtsausdruck. Monia lächelte ihn schüchtern an und nahm neben ihn Platz. Tom konnte sich gar nicht richtig auf den Unterricht konzentrieren. Irgendwie spürte er, wie das Mädchen ihn ständig aus den Augenwinkeln beobachtete. Sein schlechtes Gewissen meldete sich wieder. Soll er sich wegen der Palme in der großen Pause gleich bei ihr entschuldigen? Oder vielleicht noch warten, bis sie wieder zu Hause sind? Tom überlegte. Er beschloss, abzuwarten.

Nach Schulschluss beeilte er sich, als einer der ersten aus der Klasse zu kommen. Er wollte gleich zum Blumenladen an der Ecke, um einen kleinen Entschuldigungs- und Begrüßungsstrauß für Monia und ihrer Mutter zu kaufen. So quasi als Wiedergutmachung. Er hoffte nur, dass sie ihm im Treppenhaus nicht über den Weg laufen würde, wenn er grade mit den Blumen nach Hause kam. Das wäre ihm doch zu peinlich gewesen.

Tom hatte vor dem Spiegel im Flur geübt, was er gleich sagen will. „Guten Abend, Frau Magus. Ich möchte mich bei ihnen und ihrer Tochter wegen des Missgeschicks mit der Palme heute Morgen entschuldigen." Soll er sich verbeugen? Soll er ihr die Hand geben? Wenn er diese unangenehme Sache wenigstens schon hinter sich hatte. Aber es musste ja sein. Tom holte noch einmal tief Luft, ergriff beherzt die Türklinke und wollte gerade die Wohnungstür öffnen, als er hörte, wie draußen im Treppenhaus leise eine Tür klappte. Neugierig spähte Tom durch den Türspion. Er sah gerade noch, wie Frau Magus leise auf Zehenspitzen über den Flur schlich. Tom war unentschlossen. Sollte er etwa jetzt gleich zu ihr hinausgehen und sich entschuldigen? Er zögerte, sah noch einmal durch das Guckloch und beobachtete, wie Frau Magus langsam die Treppe hinunter stieg.

Während er noch überlegte, was dieses seltsame Verhalten zu bedeuten hätte, öffnete sich die Tür gegenüber ein zweites Mal. Monia streckte ihren Lockenkopf hinaus und schaute sich vorsichtig nach allen Seiten um. Tom hielt den Atem an. Jetzt trat sie vollends auf den schummerigen Flur hinaus und zog langsam die Wohnungstür hinter sich ran. Fast lautlos schlich das Mädchen an das Treppengeländer und spähte in die Tiefe. Dann folgte sie ihrer Mutter die Treppe hinunter. Behutsam trat sie auf. Leise, damit die alten

9

Holzstufen nicht knarrten. Tom wurde neugierig. Warum schlich Monia ihrer Mutter hinterher? Und warum verließ die Mutter so heimlich die Wohnung? Tom legte den Blumenstrauß zur Seite und öffnete ebenfalls leise die Wohnungstür. Er lauschte in das dämmerige Treppenhaus. Unten fiel leise eine Tür ins Schloss. Aber es war nicht die Haustür. Die rumste immer, wenn der Schließmechanismus sie zudrückte. Das konnte nur die Kellertür gewesen sein. Tom musste auch ab und zu mal hinunter in den ehemaligen Luftschutzkeller. Aber dann er ging ganz normal die Treppen hinunter und schlich nicht, wie Monia und ihre Mutter. „Seltsam", dachte er, „warum soll keiner wissen, dass sie in den Keller gehen? Das ist doch kein Verbrechen." Ein zweites Klappen der Kellertür riss ihn aus seine Gedanken. Das konnte nur Monia gewesen sein! Er griff sich die Taschenlampe vom Telefonschränkchen, zog die Wohnungstür zu und folgte ihnen. Tom stieg leise die zwei Etagen hinunter bis ins Erdgeschoss. Er legte sein Ohr an die Kellertür und lauschte. Nichts! Kein Geräusch! Er wartete noch einen Moment, drückte dann vorsichtig die Klinke herunter und zog die Tür einen kleinen Spalt auf. Die kalte, etwas modrige, Kellerluft strich ihm übers Gesicht. Er mochte diesen Keller nicht. Der ist ihm schon immer etwas unheimlich gewesen. Das Haus war ein Altbau und im zweiten Weltkrieg dienten die Kellerräume als Luftschutzkeller. Seine Großmutter hatte ihm früher oft gruselige Geschichten aus dem Krieg erzählt und das sie an manchen Tagen zwei-, drei Mal in den Keller hinunter mussten, weil Fliegeralarm war. Die vergilbten Aufschriften an den Kellerwänden und die schweren Eisentüren mit den großen Riegeln zeugten noch immer von diesem unrühmlichen Teil der deutschen Geschichte. Die engen muffigen Kellergänge mit der schlechten Beleuchtung taten das Übrige dazu, dass es selbst Erwachsenen hier unten gruselt.

Tom lauschte noch einmal angestrengt in die Tiefe. Kein Laut! Keine Schritte, kein Türen schlagen. Er griff seine Taschenlampe fester und stieg vorsichtig die steile Treppe hinunter. An der ersten Feuerschutztür blieb er noch einmal stehen und horchte in den Gang hinein. War da nicht ein leises Schlurfen? Sein Herz klopfte ihm bis zum Hals. Er lugte um die Ecke, doch der Gang war leer. Eine einzige schwache Glühbirne tat ihr Möglichstes, um ihn zu beleuchten. Aber ganz hinten, am Ende, wo das Licht nicht mehr hin schien, da war es so fürchterlich duster! Tom lief ein kalter Schauer den Rücken hinunter. Er nahm allen Mut zusammen und huschte schnell die letzten Meter bis zum Ende des Ganges. Von den Nischen rechts und links gingen die Türen zu den einzelnen Kellerverschlägen ab. Alle waren mit Vorhängeschlössern gesichert. Aber Monia und ihre Mutter konnten doch nicht spurlos vom Erdboden verschwunden sein. Oder war es gar nicht die Kellertür, die er gehört hatte? Sind sie vielleicht zu einem Nachbarn gegangen? Aber so viel er wusste, kannten sie noch niemanden hier im Haus. Und warum taten die beiden so geheimnisvoll?

Hier, in dem hintersten Teil des dunklen Kellers, war es besonders unheimlich. Tom schaltete die Taschenlampe ein und leuchtete die letzten beiden Türen ab. Und siehe da, nur vor einer hing ein Vorhängeschloss! Die andere war nur angelehnt. Mit klopfendem Herzen drückte er die Tür auf. In dem Raum dahinter war es stockdunkel. Der Kegel seiner Taschenlampe huschte gespenstisch über Wände und Decke. Vor ihm lag ein großer Raum, von mehreren Bogenpfeilern gestützt, der eigentliche Luftschutzkeller. Bis hierher hatte sich Tom noch nie vorgewagt. Hier war es ihm dann doch zu unheimlich. Er tastete nach dem Lichtschalter. Klick! Nichts! Klick, klick. Der Raum blieb dunkel. Tom wagte sich nur langsam und vorsichtig in das Gewölbe vor. Er leuchtete gründlich die Wände ab. Irgendwo musste es doch noch einen Ausgang, eine Tür in einen Nebenraum oder wenigstens eine Nische geben. Monia und ihre Mutter konnten sich doch nicht in Luft aufgelöst haben. Aber der Raum war leer. Die Pfeiler warfen unheimliche Schatten im Schein der Taschenlampe. Der Junge bemühte sich, leise aufzutreten.

Trotzdem schien es ihm, als wenn der Klang jeder seiner Schritte tausendfach von den Wänden wiederhallte. Tom schluckte. Seine Kehle war vor Aufregung wie ausgedörrt. Irgendwie hatte er das Gefühl, als wenn sich jeden Augenblick eine düstere Gestalt aus einem der diffusen Schatten lösen würde, sich auf ihn stürzt und ihn in unbekannte Welten verschleppt. Er sah sich schon als Sklave in der dritten Dimension gefangen, als Diener irgendeines grausamen Dämonen.

Ein kalter Schauer lief ihm über den Rücken, als er rechts, hinter einem der Pfeiler, ein leises Scharren vernahm. Tom fuhr herum. Seine Nackenhaare sträubten sich, als er langsam in die Richtung ging, aus der das Geräusch kam. Im Schatten des Pfeilers verborgen entdeckte er eine Tür. Langsam wagte sich Tom weiter vor und leuchtete mit der Taschenlampe hinein. Vor ihm lag ein schier endlos langer Gang. Er schien sich irgendwo in der Unendlichkeit zu verlieren. Rechts und links von diesem Gang gingen eine Unmenge Türen ab. Und gleich für die erste stand halb offen. Tom öffnete sie ganz und übertrat zögernd die Schwelle. Mit einem Mal gab es einen mächtigen Blitz. Er wurde förmlich in die Tür hinein gesogen und es wirbelte ihn durch die Luft. Vor Schreck ließ er die Taschenlampe fallen. Ihm war, als würde er in einem Funkenregen durch Raum und Zeit katapultiert. Alles um ihn herum drehte sich und wirbelte durcheinander. So urplötzlich, wie er gekommen, war der Spuk auch schon vorbei. Tom saß auf seinem Hinterteil und sah sich erstaunt um.

In einem schummrigen Halbdunkel standen große, mächtige Regale mit uralten Büchern und Schriftrollen. Hier und da lagen auf staubigen Tischen im dämmrigen Licht vergilbte Landkarten und alte Pergamente. Gleich neben Tom stand ein riesiger Globus, auf dem waren Ländern eingezeichnet, von denen er noch nie etwas gehört hatte.

Dann hörte Tom die Stimmen. Er schlich vorsichtig in die Richtung, aus der sie kamen, immer darauf bedacht, nirgendwo anzustoßen. Hinter der letzten Regalreihe suchte er Deckung. Der Raum war sehr groß und schien rund zu sein. Tische waren in mehreren Ringen kreisförmig um seinen Mittelpunkt herum angeordnet. Durch eine gewölbte Glaskuppel fiel fahles Licht auf dieses Zentrum. Zwischen zwei mächtigen antiken Folianten hindurch sah er in der Mitte des Raumes Monias Mutter stehen. Sie redete heftig auf einen uralten Mann ein. Der Mann hatte einen langen Bart und trug einen seltsamen weiten Umhang. Er hantierte, gänzlich unbeeindruckt von den erregten Worten der Frau, mit einigen Reagenzgläsern an einem riesigen Tisch, der auf einem gemauerten Sockel stand. Der war mit allerlei seltsamen Apparaturen und Gläsern vollgestellt. Farbige Flüssigkeiten glucksten, qualmten und blubberten in den verschiedensten Glaskolben, Röhren und Retorten vor sich hin. „Eine richtige Alchimistenküche" dachte Tom. „Donnerwetter! Das glaubt mir keiner, wenn ich das Dienstag in der Klasse erzähle!" Doch die Stimme von Monias Mutter riss ihn wieder aus seine Gedanken. „Muss denn das wirklich sein, Meister Sebastian? Du weißt doch, das ich mit meiner Zwillingsschwester nicht gut auskomme!" Sie rang förmlich die Hände. „Warum musst du sie denn ausgerechnet bei mir einquartieren?" Der als Meister angeredete drehte sich flüchtig zu ihr um. „Ach Aurelia! Warum fragst du denn überhaupt noch? Du kennst doch die Regeln des Zauberkreises! Du musst deine Tochter Monia an ihrem dreizehnten Geburtstag zur Nachfolgerin bestellen. Unglücklicherweise ist deine Nichte Tabea am gleichen Tag geboren, wie Monia. Sind aber zwei Mädchen von der gleichen Familie, aber aus verschiedenen Linien, am gleichen Tag geboren, kann nur eine dem Hexenzirkel beitreten. So hat es der erhabene Columban, der Gründer und Mentor unseres Zirkels, seinerzeit verfügt. Deine Zwillingsschwester Kerry hat doch die gleichen Rechte, wie du! Auch ihre Tochter muss die Chance bekommen, zur Hexe geweiht zu werden! Deshalb musste eure Mutter den

15

Novizinnenring des Columban, den jede Hexenschülerin bei der Vereidigung tragen muss, laut Hexenratsbeschluss am dreizehnten Tag nach der Geburt eurer beiden Mädchen neutral in diesem Haus, ihrem Eigentum, verstecken. Und zwar so, dass jeder von euch die gleichen Chancen hat, den Ring zu finden. Wer von euch beiden ihn mir als erstes vorweisen kann, dessen Tochter wird als Hexenlehrling in den magischen Zirkel aufgenommen. Und deshalb wird deine Schwester morgen bei dir einziehen. Basta!" Monias Mutter senkte missmutig den Kopf. Der alte Mann legte ihr versöhnlich seine Hand auf den Arm. „Sie mal, Aurelia! Deine Schwester kommt direkt aus Verbannung von der Insel Isla Margerita hier her. Ich finde es ja auch nicht gut, dass die Verbannung für eine Woche ausgesetzt wurde, schließlich hatte sie versucht, mich mit unlauteren Mitteln abzusetzen. Dafür verbringt sie nun eine angemessene Zeit dort, wo sie über ihre Schandtaten nachdenken kann. Aber die Regeln besagen nun mal auch, dass in so einem Fall, wie eurem, die Suche nach dem Ring Vorrang hat. Und das Chancengleichheit herrschen muss. Das trifft auch auf die Räumlichkeiten zu. Der Ring ist hier im Haus versteckt und deshalb wohnt Kerry auch ab morgen bei dir. Oder soll ich sie etwa auf dem Dachboden einquartieren?" Monias Mutter huschte ein Lächeln über das Gesicht. Doch bevor sie

16

antworten konnte, hob Meister Sebastian gebieterisch die Hand. „Spar dir deine Antwort! Ich kann mir schon denken, wie sie ausfällt. Sieh mal, mir wäre eine weiße Hexe im Zirkel ja auch viel lieber. Ihr Wissen über die Heilkraft der Kräuter und der Natur muss weiter gegeben werden. Aber es war damals Kerries Entschluss, sich der schwarzen Magie zu verschreiben, und das müssen wir respektieren! Auch sie ist eine Hexe nach den Regeln unseres Ordens. So! Und jetzt überreiche ich dir einen versiegelten Umschlag. Darin findet ihr einen verschlüsselten Hinweis, wo der Ring versteckt sein könnte. Du wirst ihn morgen Punkt zwölf Uhr Mittag im Beisein deiner Schwester öffnen. Von diesem Zeitpunkt an habt ihr genau eine Woche Zeit, diesen Ring zu finden. Gelingt es euch nicht, erlischt mit euch der letzte Zweig eurer Hexensippe!" Meister Sebastian zog aus dem weiten Ärmel seines Gewandes einen braunen Umschlag und überreichte ihn Monias Mutter.

In diesem Moment bekam Tom einen schmerzhaften Stoß in die Rippen und jemand flüsterte wütend: „Was machst du denn hier, du Blödmann?" Monias grüne Augen funkelten ihn zornig in der Dunkelheit an. „Was fällt dir ein, mir hinterher zu spionieren? Bist du noch bei Trost?" Tom musste ein Stöhnen unterdrücken. Ihr Schlag war nicht von schlechten Eltern. „Wir müssen machen, dass wir fort kommen!" Monia wies mit dem Kopf Richtung Tür. „Wir müssen vor ihr draußen sein", zischte sie. „sonst gibt`s mächtig Ärger!" Sie packte ihn beim Arm und zog ihn mit sich fort. Kurz vor der Tür stolperte Tom und konnte gerade noch verhindern, dass er ein Packen Hefte zum Umkippen brachte. Geistesgegenwärtig griff er nach ihnen und bekam den Stapel auch zu fassen. Er wollte nur noch schnell das letzte Heft zurücklegen, da zog Monia ihn schon weiter. So stopfte Tom sich das Büchlein kurzentschlossen in den Hosenbund, und ab durch die Tür! Wieder der Funkenregen und durch die Luft gewirbelt werden und sie standen wieder in dem Gang mit den vielen Türen. Tom packte seine Taschenlampe, die noch immer brennend auf dem Boden lag, und sie hasteten den Kellergang entlang, die Treppe hoch bis in den Hausflur. Gerade, als sie sich verpusten wollten, sah Tom durch die Milchglasscheibe der Eingangstür den Lichtschein der Fahrradlampe seiner Mutter, die vom Dienst nach Hause kam. Erschrocken löschte er seine Lampe. Schon hörten sie das Klirren ihres Schlüsselbundes. Jetzt war er es, der Monia mit sich zog. Schnell die Treppe hinauf, im Laufen seinen Wohnungstürschlüssel aus der Tasche gefummelt, aufschließen, rein in die Wohnung. Monia hatte es da wesentlich leichter. Ihre Tür war ja nur angelehnt. Sie zischte ihm noch ein wütendes „Wir sprechen uns noch!" zu und verschwand hinter ihrer Wohnungstür.

Tom sprintete in sein Zimmer, streifte sich im Laufen das T- Shirt über den Kopf und entledigte sich im Hechtsprung auf sein Bett noch schnell seiner Schuhe. Als er sich die Hose abstreifte, hörte er schon, wie sich der Wohnungsschlüssel seiner Mutter im Schloss drehte. Schnell unter die Decke! Geschafft! Mit dem Rücken zur Tür liegend hörte Tom, wie sich langsam die Klinke senkte und seine Mutter leise die Tür öffnete. Obwohl er so abgehetzt war, versuchte er, so ruhig, wie möglich zu atmen. Dann hörte er noch, wie sie etwas von einem „möblierten Bombenkrater" murmelte, bevor sich die Tür wieder schloss. Tom entnahm dieser Äußerung, dass es wohl mal wieder Zeit wäre, sein Zimmer aufzuräumen.
Jetzt, wo sein Atem ruhiger ging, gelang es ihm, endlich wieder klare Gedanken zu fassen. Was war geschehen? Hatte er das alles nur geträumt? Es gibt doch keine Hexen! Oder? Oder doch? Hier im Haus? Seine Gedanken kreisten um das eben Erlebte. Verwirrt und müde schlief er endlich ein. In der Nacht träumte ihm, er flöge mit Monia auf einem Besen um den Blocksberg herum.

## 2. Tabea und Kerry

Im Halbschlaf hörte Tom, wie es an der Wohnungstür klingelte. Dann ein leises Stimmengemurmel und plötzlich wurde seine Zimmertür aufgestoßen. Breitbeinig, die Arme in die Seiten gestemmt, stand Monia da, wie ein Racheengel. „Steh auf, du Langschläfer! Wir haben etwas zu besprechen! Sofort!" Ihre Stimme klang energisch und gereizt. Tom war die Situation etwas peinlich. Er zog sich die Bettdecke bis unter das Kinn und starrte Monia an. Die griff sich seine Jeans von der Stuhllehne und schleuderte sie ihm ins Gesicht. Tom starrte sie immer noch an. Monia merkte wohl, dass er sich etwas genierte und drehte sich demonstrativ zum Fenster um. „Nun mach schon, wir haben nicht ewig Zeit!" Ihrer Stimme klang schon etwas versöhnlicher. Tom schlüpfte schnell in seine Jeans, fischte sich ein frisches T-Shirt aus dem Regal und angelte mit dem Fuß nach seinen Turnschuhen unter dem Bett. Das „Ritsch" des Reißverschlusses und Toms Spiegelbild im Fenster verrieten Monia, dass er jetzt wohl halbwegs salonfähig war. Sie drehte sich um und warf ihm seine Jacke zu. „Nun mach schon!" Sie schubste ihn nicht gerade sanft durch die Zimmertür. Im Flur roch es nach frisch gebrühten Kaffee und Kakao. Toms Mutter rumorte in der Küche. Monia dachte nicht im Entferntesten daran, ihm eine Chance zum Frühstücken zu lassen. Tom konnte gerade noch im Vorbeihuschen ein knuspriges Croissant vom Teller haschen, der auf der Anrichte im Flur stand, und schon waren sie an der Wohnungstür. „Bin bald wieder da aa!" rief er seiner Mutter zu. Beim Zuschlagen der Tür hörte er nur noch ein „Aber Junge!" Den Rest des Satzes verschluckte die massive Wohnungstür.

Vor der Haustür zog Monia ihn gleich nach links um die Ecke hinter den kleinen Laden. Da standen sie sich nun Aug in Aug gegenüber. Monia starrte Tom mit wütendem Blick an. Dann senkte sie die Augen, ihre Schultern sackten zusammen und sie war plötzlich nur noch ein kleines Häufchen Elend. „Was hast du letzte Nacht gesehen?" flüsterte sie leise. Sie schaute Tom mit gesenktem Kopf von unten herauf an. „Alles?" Er nickte stumm. Verlegen drehte er sich um und setze sich auf einem Stapel alter Obstkisten. Monia setzte sich neben ihn. „Meine Mutter ist eine Hexe!" flüsterte sie. „Eine Hexe!" Sie sah Tom mit unendlich traurigen Augen an und schluchzte mit erstickender Stimme: „Und ich soll auch eine werden!" Dann brachen die Tränen aus ihr heraus. Tom suchte in seiner Jeans und hielt Monia dann ein noch halbwegs sauberes Taschentuch hin. Dankbar lächelte sie ihn an und trocknete sich die Tränen. Sie schielte verlegen zu Tom herüber. Der starrte nur verbissen auf das

Croissant in seinen Händen, dass er langsam, aber sicher mit Daumen und Zeigefinger in seine Bestandteile zerpflückte. Er fühlte sich nicht besonders wohl neben einem weinenden Mädchen. „Hat sie dir nie etwas davon erzählt? Ich meine, da muss es doch Anzeichen dafür gegeben haben, dass sie eine Hexe ist." Monia lachte verbittert auf! „So etwas, wie zum ersten Mai nackt auf einem Besen zum Blocksberg reiten? Meine Mutter ist eine weiße Hexe! Die fliegt nicht zum Blocksberg!" Tom schwieg nachdenklich. „Freilich hat sie mir viele Heilkräuter erklärt und wir sind oft durch die Senne gestrolcht und haben Beeren und Pilze gesammelt. Aber das habe ich nicht im Geringsten mit Hexenkunst in Verbindung gebracht. Für mich hatte eine Hexe auch immer einen Buckel und eine Warze auf der Nase und hat kleine Kinder gefressen. Bis gestern Abend jedenfalls." „Kennst du denn deine Tante Kerry und deine Cousine, wie heißt sie noch gleich?" Monia schüttelte den Kopf. „Ich habe eine Tante Sarah und ihre Tochter heißt Tabea. Die leben aber auf der Isla Margerita in der Karibik. Von einer Tante Kerry habe ich noch nie gehört. Aber dieser alte Meister Sebastian hat meine Mutter ja auch Aurelia genannt. Sie heißt aber Ruth! Ich vermute mal, Aurelia muss wohl ihr Hexenname sein und vielleicht ist Kerry der Hexenname von meiner Tante Sarah?" Das leuchtete ihm ein. Monia sah ihn verzweifelt in die

22

Augen. „Tom? Ich will keine Hexe werden! Keine weiße, keine schwarze und auch keine grünkarierte mit rosa Pünktchen! Ich will einfach nicht!" Tom musste innerlich schmunzeln. Eine karierte Hexe mit rosa Pünktchen! Er stellte sich die Dame bildlich vor. Aber dann riss er sich zusammen. „Wir müssen es ihnen sagen! Wir müssen ihnen sagen, dass wir Bescheid wissen!" Monia riss entsetzt die Augen auf! „Wie? Wann? Ich meine, warum?" Tom seufzte. „Wir müssen ihnen sagen, dass du keine Hexe werden willst! Sie können dich doch nicht einfach zwingen!" Er zögerte. „Oder doch?" Monia zuckte mit den Schultern. „Ich weiß doch genau so viel, wie du. Schließlich habe ich ja auch erst gestern Abend von meinem Schicksal erfahren. Sag mal, wie bist du eigentlich in die Bibliothek gekommen? Da kommt man doch nicht einfach mal so zufällig vorbei!" Tom berichtete kurz und sachlich, wie er zufällig beobachtet hatte, wie ihre Mutter in den Keller schlich und sie ihr kurz darauf hin gefolgt ist. Da ist er eben neugierig geworden und ihnen nachgegangen. Hätte er geahnt, dass er eine Achterbahnfahrt durch Zeit und Raum machen würde, nicht für alles Geld der Welt hätte er sich da hinein getraut. „Aber Moment mal!", fiel ihm plötzlich auf. „Warum bist du denn eigentlich deiner Mutter gefolgt?" „Na ja, " meinte Monia, „seit dem wir hier vorgestern eingezogen sind, verhielt sich meine Mutter immer so merkwürdig. Als wenn sie etwas suchen würde. Und dann habe ich gemerkt, dass sie sich ab und zu davonschlich. Sie ist aber nicht in den neuen Laden gegangen. Das hätte ich gehört. Dazu hätte sie das Haus verlassen müssen und du weißt ja, wie die Haustür immer rumst, wenn sie ins Schloss fällt. Darum bin ich ihr dann gefolgt. Bis in den Keller hinunter. Sie konnte nur dort gewesen sein. Die Haustür habe ich nicht gehört und auf der Kellertreppe brannte ja auch Licht. Aber sie war wie vom Erdboden verschluckt. Ich bin bis hinten in den großen Raum gegangen und konnte gerade noch sehen, wie sie mit der Hand über die Wand fuhr. Plötzlich ist da eine Tür aufgesprungen, die war vorher aber nicht da! Und als sie hinter der Tür verschwand, bin ich ihr nachgegangen. Weil die erste Tür in dem Gang dahinter nur angelehnt war, bin ich da auch rein. Tja, und plötzlich war der Boden weg und ich wurde durch diesen Feuerzauber gewirbelt, dass mir Hören und Sehen verging! Und dann stand ich plötzlich in der Bibliothek. Als ich vorsichtig weiter ging, habe ich die Stimme meiner Mutter gehört. Ich habe mich hinter einem Regal versteckt und so mitbekommen, dass ich zur Hexe auserkoren bin. Dann habe ich dich irgendwann entdeckt und den Rest weißt du!" Tom schwieg nachdenklich. „Wann kommt denn eigentlich deine Tante?" „Keine Ahnung. Aber sie muss ja vorm Mittag hier sein. Meine Mutter soll ja schließlich diesen ominösen Umschlag Punkt zwölf

Uhr öffnen. Wie spät haben wir es denn?" Tom zuckte mit den Schultern. „Zeit, nach oben zu gehen und dann endlich vernünftig zu frühstücken. Du bleibst am besten bis um zwölf bei uns und dann platzen wir in diese geheimnisvolle Brieföffnung hinein und stellen klar, dass du nicht willst, was die wollen! OK?" Monia zuckte nur resigniert mit den Schultern. „Wenn das was nützt." Überzeugt war sie nicht davon. Aber ihre Mutter sollte schon merken, dass sie sich nicht so ohne weiteres in eine Rolle zwingen ließ, die sie nicht wollte. Sie lächelte Tom dankbar an. Der wurde ein klein wenig rot und starrte verlegen nach unten. Ups! Das Croissant in seinen Händen hatte nicht mehr sehr viel Ähnlichkeit mit dem, was er vom Tablett gemopst hatte. Trotzdem brach er es in zwei Hälften und reichte Monia das nicht ganz so zerbröselte Teil.

Gerade wollten sie die Treppe hoch steigen, als die Kellertür aufsprang und eine schwarzgekleidete Frau mit wehendem Umhang an ihnen vorbeistürmte und fast lautlos die Stufen hinauf schwebte. Monia und Tom sahen sich verdutzt an! Wer war denn die Fata Morgana? Dann klappte die Tür zum zweiten Male und ein junges Mädchen schlurfte heraus. Die Hände tief in den Taschen ihrer Jeans vergraben, mit hochgezogenen Schultern und mürrischem Blick schleppte sie sich langsam zur Treppe hin. „Wohnt hier eine Frau

Magus im Haus?" Die Frage kam sehr zähflüssig über ihre Lippen und es sah so aus, als wenn sie sich lange dazu durchgerungen hatte, sie zu stellen. „Zweiter Stock links." gab Monia höflich Auskunft und ließ dem Mädchen den Vortritt. Tom betrachte sich das seltsame Wesen nun genauer. Sie mochte ungefähr so alt sein, wie Monia, hatte aber vom Outfit her einen klaren Hang zum Punk. Ketten an den Jeans, bunte Haarsträhnen und ein großes Peace- Zeichen auf dem Rücken der Jeansjacke. Auf einmal fiel es ihm wie Schuppen von den Augen! Das war Tabea, Monias Cousine! Und die schwarze Fledermaus von eben muss Tante Sarah, alias Kerry, gewesen sein. Und schon schellte die Türklingel im zweiten Stock und sie hörten die Stimme von Monias Mutter. Sehr überschwänglich schien die Begrüßung aber nicht auszufallen. Monia griff Toms Arm und blieb stehen. Mit großen Augen sah sie ihn an. „Weißt du, wer das war?" Tom nickte nur stumm. In Monias Augen blitzte es verdächtig und ihre Wundwinkel begannen zu zucken. Beide mussten sich schnell die Hand vor den Mund halten, um nicht laut los zu prusten. Tante Sarah und Tabea! Na, das kann ja was geben!

## 3. Der Ring

„Wo bist du denn gewesen, sag mal? So urplötzlich zu verschwinden! Ganz ohne Frühstück. Es ist ja schön, dass du dich mit unserer neuen Nachbarin gut verstehst, aber deshalb geht man doch nicht ohne etwas zu Essen aus dem Haus. Junge! Was mach ich bloß mit dir?" Toms Mutter strich ihm eine widerspenstige Haarsträhne aus dem Gesicht. „Mama! Lass das bitte!" Er wand sich unter ihrem Arm durch und hing seine Jacke an die Garderobe. Monia stand noch zögernd im Flur. „Komm ruhig rein, Mädel! Ich bin Toms Mutter. Aber wir haben uns ja schon mal gesehen. Wollt ihr noch etwas frühstücken?" Sie schloss die Tür hinter ihr und sah die beiden erwartungsvoll an. „Croissants und Kakao?" Toms Magen knurrte vernehmlich. „Überredet!" Er nahm Monia beim Arm und zog sie mit sich in sein Zimmer. Ein bisschen peinlich war es ihm schon, dass er es mit der Ordnung nicht so genau nahm. Schnell packte er sein Bettzeug in den Kasten am Fußende des Bettes und deutete Monia mit einer einladenden Geste, auf der Liege Platz zu nehmen. Er selbst setzte sich rittlings auf den Drehstuhl vor seinen Schreibtisch. „Und was machen wir nun?" Monia sah ihn ratlos an. „Ich hab einen Plan!" erklärte Tom. „Du hast doch einen Wohnungsschlüssel?" Zur Antwort langte Monia in die Hosentasche und klimperte mit einem

27

Schlüsselbund. „OK! Wir warten bis kurz vor zwölf und gehen leise in eure Wohnung. Punkt zwölf stürmen genau zu dem Zeitpunkt ins Zimmer, wenn sie den Briefumschlag öffnen sollen. Und dann erklärst du ihnen, dass du dich weigerst, Hexe zu werden!" „Wer will Hexe werden?" Frau Wolters kam mit einem vollbeladenen Tablett rückwärts ins Zimmer und stellte es auf den Bettkasten. „Ach, nur so." Tom suchte krampfhaft nach einer plausiblen Erklärung. Das Mütter auch nie anklopfen können. „Ich soll eine Rolle in einem Theaterstück übernehmen, aber ich will nicht." erklärte Monia schnell. „Aber warum denn nicht, Mädel? Du bist doch prädestiniert für diese Rolle. Mit so schönen roten Haaren! Glaub mir, du wärst eine tolle Hexe! Überleg`s dir noch mal. So manche Schauspielerkarriere hat auf einer Schulbühne angefangen!" Sie nickte Monia freundlich zu und verließ das Zimmer. „Puh, das war knapp! Du bist aber ganz schön schlagfertig, Donnerwetter!" Tom war ihr dankbar, dass sie die Situation gerettet hatte. „Na ja, bis Mittag ist ja noch Zeit. Aber jetzt lang zu!" Er griff sich einen Becher mit Kakao und ein knackiges Croissant und stippte es einfach in die Marmelade. Jetzt merkte auch Monia, dass sie großen Hunger hatte und nahm sich auch ein Hörnchen. Sie hatte die ganze Nacht kaum geschlafen, weil ihr immer wieder das Geschehene im Kopf herum gegangen war. Es wurde schon hell, als sie dann endlich ein bisschen einnickt ist. Kaum, das sie aufgewacht war, zog es sie auch schon zu Tom hinüber. Sie musste unbedingt wissen, was er gesehen hatte und wie viel er wusste. Zum Glück hatte sie Frau Wolters davon überzeugen können, das sie dringend mit ihm sprechen musste. Ja, und jetzt saß sie hier, aß leckere Croissants und hatte trotzdem ein ungutes Gefühl im Magen. Was ist, wenn ihre Mutter nicht einsieht, dass sie für diese Art Beruf nicht geeignet ist? Könnte sie ihre Rechte nicht einfach an Tabea abtreten? Und was ist mit diesem blöden Ring. Wie sollen sie ihn finden? Die Gedanken rasten nur so durch ihren Schädel. Tom ging es auch nicht anders. Bis gestern Abend hatte er noch gedacht, Hexen und Zauberer kommen nur im Märchen vor und heute saß in seinem Zimmer eine ihrer Anwärterinnen.

Es klopfte und Toms Mutter steckte den Kopf zur Tür herein. „Na, bitte! Geht doch!" dachte er. „Na, hat`s geschmeckt? Wollt ihr noch mehr? Vielleicht Brause? Oder Cola?" „Nein Danke, liebe Mutter! Wir sind restlos glücklich!" Mit dieser übertriebenen Höflichkeit und mit der Geste, dass sie bitte das Zimmer wieder verlassen möge, drückte er ihr das Tablett in die Hand. „Ja, ja, ich habe schon verstanden. Das junge Volk will unter sich sein. Ich geh ja schon!" In der Tür drehte sie sich noch einmal um: „Eh ich es vergesse! Ich habe über Pfingsten Dienst. Eine Kollegin ist krank geworden, da habe ich ihren Spätdienst übernommen. Das macht dir doch nichts aus? Wir hatten doch sowieso nichts Besonderes vor, oder? Weißt du was? Ich lege dir nachher zwanzig Euro auf das Schränkchen im Flur und ihr beiden könnt dann schön ins Kino gehen, oder was ihr wollt." Sie drehte sich um und brachte das Geschirr weg. Monia stand auf und rief in die Küche: „Vielen Dank, Frau Wolters! Das ist wirklich eine gute Idee! Sehr nett von ihnen! Danke!" und schloss die Tür. Sie stellte sich ans Fenster und sah hinaus. Unten brauste der Verkehr und die Welt sah so normal aus. Und sie stand hier oben und war schier am Verzweifeln.

Die Minuten dehnten sich wie Kaugummi in der Sonne. Aber endlich war es fast so weit. Fünf Minuten vor zwölf. Im Flur rief Tom seiner Mutter zu: „Ich gehe mal kurz mit zu Monia rüber! Bin bald wieder da." Er schnupperte. Ausgerechnet heute gab es Frikadellen, sein Leibgericht. Und er wusste nicht, wie lange die Sache da drüben dauern würde. „Was soll`s?", dachte er. „Die Dinger schmecken zur Not auch kalt!" „Aber in einer halben Stunde wird gegessen. Denk dran", mahnte seine Mutter. „Ok! Bis gleich!" Monia fischte schon ihren Schlüssel aus der Tasche und zog Tom am Ärmel mit sich. Ihre Hand zitterte etwas, als sie leise die Wohnungstür aufschloss. Sie hörte Stimmen aus dem Zimmer ihrer Mutter. „Nun mach schon hin!

Pfeif doch auf die eine Minute! Nun beeil dich doch schon!" Das war die Stimme von ihrer Tante Sarah. „Nein! Meister Sebastian hat gesagt, Punkt zwölf! Warte gefälligst, bis die Uhr schlägt!" Monia hörte an der Stimme ihrer Mutter, wie aufgeregt sie war. Atemlose Stille. Nur ab und zu ein leises „Plop"! Plop? Die beiden sahen sich ratlos an. Dann begann die alte Standuhr zu schlagen. Tom nahm Monia bei der Hand. Beim achten Gongschlag legte er rechte die Hand auf die Türklinke. Dong! Neun! Dong! Zehn! Dong! Elf! Dong! Jetzt! Tom drückte die Klinke herunter und stieß die Zimmertür auf. Monia wollte gleich laut rufen: „Ich will keine Hexe werden", aber in dem Moment, wo sie ins Zimmer stürmten, öffnete ihre Mutter den Umschlag. Grelle Blitze schossen auf einmal quer durch den Raum und dann schwebte plötzlich der Kopf des Meisters Sebastian auf einer Rauchwolke mitten im Zimmer. Alle waren wie erstarrt. Nur Tabea, die sich in einem Sessel fläzte, ließ erstaunt eine ihrer Kaugummiblasen platzen. Plop!
Dann fing Meister Sebastians Kopf an zu reden: „Hiermit verkünde ich allen Anwesenden den Satz, mit dessen Hilfe ihr den Siegelring des erhabenen Columban finden sollt. Er lautet:

Stehst du vor den Toren Hammonias,
schlage das Kreuz!

Wer von euch beiden Frauen mir zuerst diesen Ring bringt, dessen Tochter wird zu ihrer Nachfolgerin gekürt.
Ab jetzt sind die Türen im Keller zu mir und in die anderen Welten versiegelt! Nur der Besitzer des Ringes kann die Tür öffnen. Ihr habt von jetzt an eine Woche Zeit!

Mit erneuten Blitzen verschwand die Erscheinung. Alle sahen sich erstaunt an. Dann bemerkte Kerry die beiden Kinder und keifte los: „Was, zur Hölle, hat die denn hier zu suchen? Ich dachte, du wolltest ihr es erst alles erzählen, wenn du den Ring hast! Und wer, in drei Teufels Namen, ist dieser Milchbubi?" Sie baute sich vor den beiden Kindern auf. Tom war empört! Wie konnte sie ihn Milchbubi nennen? Er war genauso alt, wie Monia. Auch Monias Mutter war erstaunt. „Monia, was machst du denn hier? Und warum bringst du den Jungen mit? Was ist denn los mit dir?" Jetzt brachen bei Monia die Deiche. Sie stürzte auf ihre Mutter zu und fiel ihr in den Arm und schluchzte: „Mama, Ich will keine Hexe werden! Bitte, bitte, las mich keine Hexe werden!" Ihre Mutter klopfte ihr beruhigend den Rücken. "Na, na, na! Ist doch gut! Beruhige dich doch erst mal. Wir können doch über alles reden. Setz dich erst mal hin. Ok?" Sie führte ihre Tochter behutsam zu ihrem alten Himmelbett und setzte sich zu ihr. „Woher weißt du denn, dass ich eine

Hexe bin? Ich habe doch immer versucht, es vor dir geheim zu halten." Monia erzählte in knappen Worten, wie sie hinter ihr Geheimnis gekommen ist und was Tom mit dieser Sache zu tun hat.

„Natürlich brauchst du keine Hexe zu werden, wenn du nicht willst. Dann wird Tabea es eben. Hauptsache, der Zweig unserer Hexensippe bleibt erhalten." Plop! „Und wenn ich nicht will?" Tabea erhob sich langsam aus dem alten Sessel. „Und wenn ich keinen Bock habe, auf diese Hexenkacke?" „Du hast Bock, mein Fräulein, glaub mir! Du hast Bock! Dafür werde ich schon sorgen!" mischte sich ihre Mutter ein. „Glaubst du, ich habe dich die ganzen Jahre gelehrt, was du jetzt weißt, für nichts und wieder nichts? Du wirst eine Hexe! Das garantiere ich dir. Auf deinem Geburtstag wirst du Hexenlehrling, und wenn ich dich da an den Haaren hin zerren muss! Basta!" Zornig stapfte sie mit dem Fuß auf. Tabea sah ihre Mutter wütend an. „Wenn du dich mal nicht irrst!" Sie drehte sich heftig um und schlug im Weggehen die Tür hinter sich zu, das die Scheiben klirrten. Alle sahen sich erschrocken an. Nur Tante Sarah, alias Kerry, stand mit verschränkten Armen und vor Wut bebenden Schultern am Fenster und starrte hinaus. „Ups!" entfuhr es Tom. „Stimmt ja! Ihr habt ja bald Geburtstag. Das hätte ich beinahe vergessen!" Monia legte ihm tröstend die Hand auf den Arm. „Glaub mir. Das ist im Moment wirklich unser kleinstes Problem. Außerdem ist er ja erst in einer Woche." Sie sah ihn traurig an. Tom nickte. „Ist wohl besser, wenn ich euch jetzt allein lasse. Ihr habt sicherlich noch einiges zu besprechen. Wenn du Lust hast, kannst du ja nachher noch bisschen rüber kommen. Bis dann." Er nickte höflich ihrer Mutter zu und war froh, diese ungastliche Stätte endlich verlassen zu können.

Im Treppenhaus saß Tabea auf den Treppenstufen vor Toms Wohnung. Den Kopf in die Hände gestützt brütete sie vor sich hin. Er setzte sich neben sie. Lange schwiegen sie sich an. Plötzlich war wieder der Geruch da. Der leckere Duft nach frisch gebratenen Frikadellen. Auch Tabea hob den Kopf und schnupperte. „Hunger?" fragte Tom. „Und wie!" Sie rieb sich den knurrenden Magen. „Na, denn komm!"
„Na, Junge, da bist du ja! Gerade pünktlich zum Essen." Toms Mutter kam aus der Küche. „Ja, Mädchen, was hast du denn auf einmal mit deinem Haar gemacht? Und mit deinen schönen Sachen?" Sie schlug die Hände vor den Mund. Erst jetzt bemerkte auch Tom, das Tabea Monia wie aus dem Gesicht geschnitten schien. Auch die Haarfarbe stimmte. Nur die bunten Strähnen waren anders. „Nein, Mama. Das ist nicht Monia. Das ist Tabea, ihre Cousine! Sie ist extra aus der Karibik gekommen, weil sie dort von deinen weltberühmten

Frikadellen gehört hat", flachste Tom Aber seine Mutter beachtete ihn gar nicht. Sie sah sich Tabea genauer an. „Einen hübschen Ohrring hast du!" „Finden Sie?" Tabea hielt ihr auffordernd den Kopf hin. „Habe ich von meiner Großmutter bekommen. Ihr gehört dieses Haus hier." Tom sah erst jetzt, dass das Mädchen einen Ohrring trug. Seine Mutter drehte die kleine Goldmünze, die Tabeas Ohr zierte, hin und her. „Die scheint mir aber sehr alt zu sein. Und kostbar, " staunte sie. „Und wenn ihr nicht bald in die Puschen kommt, werden deine Frikadellen auch so alt!" Tom wurde ungeduldig. „Aber die wird sich wohl kaum jemand ans Ohr hängen wollen!" scherzte die Mutter, hakte die Kinder rechts und links ein und zog sie mit sich in die Küche.

Tabea lag mehr, als das sie saß, auf Toms Sitzsack. Die Arme hinter dem Kopf verschränkt ließ sie eine Kaugummiblase nach der anderen platzen. Tom hatte seinen Computer angeworfen und suchte nach „Harmonia". „Wie lange haben wir Zeit, den Ring zu finden? Eine Woche? Na, toll! Unter Harmonia stehen ja nur etwa achtundzwanzigtausendsechshundert Seiten. Wenn ich Tag und Nacht suche, finde ich vielleicht mehr heraus, als dass diese Dame die griechische Göttin der Eintracht ist." Es war mehr ein Selbstgespräch, als eine direkte Frage an Tabea. Die guckte nur gelangweilt in die Luft und machte „Plop" mit ihrem Kaugummi. „Danke für deine aktive Hilfe. Schließlich geht dich das auch etwas an. Denk mal nach! Was könnte der Satz bedeuten: Stehst du vor den Toren Hammonias, schlage das Kreuz!" „Wieso geht mich das auch etwas an? Ich werde schließlich keine Hexe!" Tabea plopte. „Auf jeden Fall keine schwarze." „Moment mal!" Tom stutzte. „Was soll das heißen, auf jeden Fall keine schwarze? Soll das etwa bedeuten, es würde dir nichts ausmachen, eine weiße Hexe zu werden?" Das Mädchen wand sich verlegen. „Na ja, am besten ist, ich erkläre es dir von Anfang an. Also, es begann damit, dass meine Mutter Meister Sebastian zu einem Wettzaubern herausgefordert hatte. Sie wollte ihn besiegen, um an seine Stelle treten zu können. Dann wäre sie die Oberhexenmeisterin geworden. Um an diese Position zu kommen waren ihr alle Mittel recht. Sie hat mit Hilfe des Hexenmeisters Nicodemus ihrer besten Freundin Marcia die Zauberkraft geraubt und wollte so, mit doppelter Kraft, Meister Sebastian besiegen. Das ist aber gründlich in die Hose gegangen und der Hexenrat hat sie für hundert Jahre auf die Isla Margerita in die Karibik verbannt. Und da ich ja ihre Tochter bin und noch nicht volljährig, darf ich jetzt natürlich auch auf diesem langweiligen Eiland rumhängen. Zurück zu meiner Mutter. Man hat ihr gerade noch so viel Hexenkraft gelassen, dass sie jetzt Erstklässler der

Hexenschule unterrichten darf. Ich weiß das alles aber nur von Mama Rosanna dort. Ich war damals ja erst drei Jahre alt, als alles passierte. Mama Rosanna ist so eine Art Schamanin bei uns. Eine Heilerin. Also auch eine weiße Hexe." „Wenn sie in Verbannung ist, wieso dürft ihr denn hier in Hamburg sein? Ach ja, und wieso seid ihr gestern aus den Keller gekommen? Seid ihr bei Meister Sebastian gewesen?" Tabea lachte: Du scheinst das Geheimnis einer Hexentür noch nicht zu kennen. Hexentüren sind nur für Hexen und artverwandte Wesen sichtbar. So Trolle, Zwerge und ähnliche Persönlichkeiten. Gehst du durch die erste rechte Tür im Gang, landest du automatisch in der Bibliothek. Das ist quasi der Eingang in die Hexenwelt. Benutzt du die anderen Türen, kommst du überall hin. Es gibt in der ganzen Welt Hexentüren. Jede Tür im Keller führt dich woanders hin. Wohin du willst! Auch in die Karibik. Was den Bann betrifft, der ist für eine Woche ausgesetzt, weil die Angelegenheit hier so wichtig ist." Es klopfte. Toms Mutter steckte den Kopf zur Tür hinein. „Besuch für dich!" Monia drückte sich an Frau Wolters vorbei. „Ich geh jetzt zur Arbeit! Macht keinen Blödsinn! Versprochen?" Sie guckte einen nach dem anderen ins Gesicht. „Ach, ich merk schon. Für Blödsinn seid ihr schon zu alt. Schönen Tag noch!" Sie zwinkerte Tom zu und schloss die Tür. Kurz darauf fiel die Wohnungstür ins Schloss.

Sie waren allein. Tom berichtete kurz über alles, was sie bis jetzt gesprochen hatten. „Nur eins habe ich nicht verstanden." warf Monia ein. „Eine weiße Hexe willst du werden, aber keine schwarze. Wie kommt das?" Tabea stand auf, ging zum Fenster und blickte hinaus. „Ganz einfach! Seit dem wir in der Verbannung leben, hat mir meine Mutter und ihre beste Freundin Marcia das Hexen beigebracht und noch einen Haufen anderer Sachen. Verbotener Weise natürlich. Was Marcia aber nicht weiß, meine Mutter will sich über mich an Meister Sebastian rächen. Deshalb soll ich eine schwarze Hexe werden. Damit sich später unsere Kräfte vereinen können. Und das schlimme ist, sie hat die Macht dazu, mich zu zwingen. Auch wenn ich mich weigere, wenn du nicht Hexe wirst, muss ich es werden. Wir sind die letzten Hexen aus unserem Clan. Da gibt es so etwas, was man moralische Verpflichtung gegenüber der Familie nennt. Aber ich möchte Gutes tun, versteht ihr? Nicht vernichten. Ich will das Wissen des Guten erhalten und es später auch weitergeben." Tom sah von der Seite, dass ihr Tränen in die Augen stieg. Er räusperte sich. „Und wie können wir verhindern, dass sie den Ring findet? Wenn wir schneller sind, als Kerry, muss Monia Hexe werden, was sie nicht will. Findet Kerry ihn zuerst, musst du eine schwarze Hexe werden, obwohl du lieber eine weiße werden willst. Teufel auch eins, ist das kompliziert!" Monia erhob sich. "Wisst ihr was? Wir gehen jetzt rüber und beratschlagen uns mit meiner Mutter. Einverstanden?" „Einverstanden!"

Im Hausflur hielt Tabea ihre Freunde auf einmal zurück. „Moment mal!" Sie schnupperte. „Meine Mutter ist gerade vorbei gegangen. Und zwar, " sie sog noch einmal prüfend die Luft ein, „Nach unten. Und zwar, " sie lauschte, „in den Keller!" „Was will die denn im Keller? Die Türen sind doch alle versiegelt!" Tom schaute Monia fragend an. Die zuckte nur die Schultern. „Ich ahne nichts Gutes! Kommt, nachschauen!" Tabea winkte ihren Freunden und lief leichtfüßig die Treppe hinunter. Die Kellertür war nur angelehnt, aber es brannte kein Licht. Die drei lauschten angestrengt in die Dunkelheit hinein. Kein Mucks war zu hören. Monia tastete nach dem Lichtschalter. Doch Tabea hielt sie zurück. „Haltet euch bei der Hand, ich führe euch!" Tom tastete nach Monias Hand. Ihre Finger berührten sich in der Dunkelheit und dankbar griff sie zu. Tabea packte ihre Cousine am Arm und zog sie vorsichtig die Stufen hinab. Es war stockdunkel hier unten, aber sie kamen trotzdem flott voran. Tabea schien Katzenaugen zu haben. Geschickt wich sie allen Hindernissen im Kellergang aus. Eine alte Kommode, der Rahmen eines Fahrrads, ein alter aufgerollter Teppich, immer warnte sie rechtzeitig, damit niemand dagegen lief. Tom hatte das Gefühl, weit kann es nicht mehr sein bis zur kleinen Halle. Und richtig, Tabea blieb stehen. Atemlos horchten sie auf irgendein Geräusch. Da! Leise, aber deutlich hörten sie Kerry sprechen. Es klang, als wenn sie einen Zauberspruch aufsagen würde. Tom atmete tief ein. Monia legte ihren Finger auf die Lippen. „Pst!" Atemlose Stille. Plötzlich flüsterte Tabea hastig „Weg!", und drängte die beiden in eine dunkle Nische. Schon ging im Gang das Licht an und Kerry schoss an ihnen vorbei. Endlich hörten sie das erlösende Klappen der Kellertür. „Puh, das war knapp!" Monia seufzte erleichtert. Doch Tabea ließ ihnen keine Zeit zum verpusten. „Kommt"! flüsterte sie und zog die beiden mit sich in das finstere Gewölbe. „Ich mach euch Licht." Tabea drehte den Schalter. „Komisch", meinte Tom, als die Deckenlampe aufflammte. „Gestern war die aber noch kaputt!" Tabea lachte. „Kaputt gibt es für eine richtige Hexe nicht!". Als Tom sich an das helle Licht gewöhnt hatte, stutzte er. Die Tür, durch die er gestern Monia gefolgt ist, war nicht mehr da! Tabea grinste, als sie Toms verdutzten Blick bemerkte. „Das ist eben eine Hexentür!" Sie strich mit der Hand über die gekalkte Wand und die Tür wurde wieder sichtbar. „Bitte einzutreten, meine Damen und Herren!" Monia folgte ihrer Cousine und schrie gleich erschrocken auf: „Iiiih, eine Ratte!" Und richtig! An einer der ersten Türen saß eine fette Ratte und nagte ein

Loch hinein. „Hab ich doch richtig gehört, vorhin!"
Tabea drehte sich um. „Meine Mutter hat der Ratte
befohlen, ein Loch in die Tür zu nagen. Die Türen
sind für uns zwar alle versiegelt, aber sie baut sich
ihren eigenen Eingang. Ich sage euch, die Frau hat
was vor! Aber was?" Tom drängte sich sanft nach
vorne. „Wohin führt die Tür?" Monia sah auf das
Messingschild. „Isla Margerita." „Hab ich mir doch
gedacht!", schnaubte Tabea. „Aber was will meine
Mutter in der Karibik? Da kommen wir doch gerade
erst her." Die drei machten sich auf den Rückweg.

„Hey, wie hast du das gemacht? Kannst du deine
Mutter riechen? Und wieso kannst du im Dunkeln
sehen?" Tom fand diese Fähigkeiten faszinierend.
Tabea lachte nur. „Tja, gelernt ist gelernt. Schwarze
Magie hat eben auch ihre Vorteile." Als sie Monias
Wohnung betraten, wurde ihnen gleich klar, dass es
zu einem Gespräch mit ihrer Mutter heute nicht
mehr kommen würde. Die saß mit Tante Kerry im
Wohnzimmer und trank Kaffee. Die Stimmung der
beiden war nicht besonders gut. Monias Tante
lächelte katzenfreundlich, als die Kinder das
Wohnzimmer betraten. Tom hatte keine Lust, sich
noch weiter in dieser gespannten Atmosphäre
aufzuhalten. „Ich geh dann mal nach Hause.
Schönen Tag noch!" Doch Monia zog ihn mit sich in
ihr Zimmer. „Komm mit. Ich muss dir noch etwas
geben!" Sie zwinkerte ihm zu. „Meine

Handynummer!" flüsterte sie. Tabea war ihnen gefolgt. Sie stand, lässig ihr Kaugummi kauend, im Türrahmen und sah zu, wie die beiden ihre Telefonnummern austauschten. „Handy? Brauchen wir nicht auf der Isla Margerita." Tom sah sie fragend an. „Wir trommeln noch!" Plop! Erst, als sie über sein verdutztes Gesicht hell auflachte, merkte er, dass sie ihn auf den Arm genommen hatte.

## 4. Meister Sebastian

Jetzt, nach den Hausaufgaben und allein zu Hause, spürte Tom erst, wie anstrengend dieser Tag gewesen war. Trotzdem beschloss er, noch sein Zimmer aufzuräumen. Seine beiden neuen Freundinnen sollten ihn ja nicht gleich für einen absoluten Chaoten halten. Er sammelte alle herumliegenden Kleidungsstücke ein und wollte sie gerade im Badezimmer in den Wäschesack stopfen, als er merkte, dass er ein Heft mit aufgenommen hatte. Er stutze. Das Büchlein hatte er noch nie gesehen. Es schien alt zu sein. Der Umschlag war vergilbt und abgegriffen. Tom setzte sich auf den Rand der Badewanne und las. Auf dem Einband stand in alter Schrift:

# Lektionen und Lernziele
der Untertertia
des staatlichen
Hexengymnasiums
Altona
1872

Neugierig schlug er das Heft auf. Lauter alte Rezepte für Mixturen und Pülverchen. Und ganz zum Schluss Zaubersprüche. Zaubersprüche für Anfänger und die Erklärungen dazu. Donnerwetter, was für ein Fund! Jetzt erinnerte er sich. Der Stapel Bücher, den er in der Bibliothek beinahe umgerannt hatte. Er konnte sie gerade noch auffangen, bevor Monia ihn weiterzerrte. Weil er das Büchlein nicht auf den Boden werfen wollte, das hätte sie verraten können, hatte er es sich bei der Flucht in den Hosenbund geschoben. Ja, und jetzt war es hier! Tom blätterte in seinem Fund. Sprüche gegen Warzen, Blitze aus der Hand oder Rauch, und dann, im letzten Kapitel, wie man kleine Dinge herbeizaubert! Tom erhob sich langsam und ging lesend in sein Zimmer. „Interessante Sachen", dachte er. Zu seinem Bedauern brauchte man für den Blitz oder den Rauch spezielle Chemikalien. „Aber Sachen herbeizaubern klingt gut! Woll`n mal sehen, ob das klappt. Hunger hab ich eh, warum nicht einen schönen Hamburger mit Pommes und Majo und eine große Cola dazu?" Er blätterte auf die letzten Seiten und da stand es! Sachen herbeizaubern: „Huc accedere" sagen, danach die gewünschte Sache und dann mit „evadere" bestätigen. Tom ging in sein Zimmer und machte sich bereit. Er streckte seine rechte Hand aus, spreizte beschwörend die Finger und sprach: „Huc accedere, doppelter Cheeseburger, Pommes Majo und eine große Cola, evadere!" Ein kurzer Plumps und das Gewünschte stand komplett auf einem Tablett vor ihm auf dem Tisch. Tom war begeistert! So einfach ging das? Ist ja Wunderbar. Jetzt konnte er sich alle Wünsche erfüllen! Ein neues Handy, eine Playstation, einen Laptop, etc., etc.. Wenn das nicht super ist! Aber gleich darauf bekam seine Begeisterung einen Dämpfer. Nie im Leben würde er seiner Mutter erklären können, woher all diese Dinge stammen. An Zauberei glaubt die bestimmt nicht. Er seufzte. Wäre auch zu schön gewesen! Na, was soll`s? Auf jeden Fall hatte er ein wunderbares Abendbrot auf dem Tisch. Und dass wollte er sich jetzt schmecken lassen. Der Duft der Cheeseburger stieg im in die Nase. Er wickelte das heiße Sesambrötchen aus, wollte gerade genussvoll hineinbeißen, als es auf einmal fürchterlich blitzte und krachte! Schwups hatte er den Burger im Gesicht, die Pommes mit Mayonnaise im Nacken und irgendjemand schüttete ihm die eiskalte Cola über den Kopf. Tom sprang so heftig auf, dass sein Stuhl umfiel! Das T- Shirt, die Jeans, der Tisch, der Teppichboden, alles voll von den Fragmenten seiner Mahlzeit. Hinter ihm lachte jemand meckernd. Erschrocken fuhr Tom herum. „Hab ich dich erwischt, du Lump? Eins von meinen Zauberbüchern klauen. Das hast du dir so gedacht! Ich komm euch immer auf die Schliche! Merk dir das! Immer!" Meister Sebastian saß im Schneidersitz auf Toms Bett und kicherte. „Ich habe wohl gemerkt, dass eins meiner Bücher fehlt. Die sind alle registriert! Da drin!" Er stippte sich gegen die Schläfe. „Und alle sind sie mit einem Spruch

45

belegt. So eine Art GPS- Sender, bloß ein paar tausend Jahre älter. Egal, wo es sich befindet. Sobald ein Unbefugter das Buch aufschlägt, weiß ich schon Bescheid. Wie bist du eigentlich in meine Bibliothek gekommen? Du bist doch gar kein Hexenlehrling." Tom wischte sich die Reste seines missglückten Zaubermahls aus Gesicht und Haare und hob den umgefallenen Stuhl auf. Verdattert setzte er sich und begann langsam zu beichten, unter welchen Umständen er sich in den Lesesaal geschlichen hatte. Meister Sebastian hörte kopfnickend zu. „Hat die kleine Monia also nicht aufgepasst. Na ja, es war wohl eher ihre Mutter, die in der Eile die Türen offen gelassen hat. Und du bist ihnen also gefolgt. So, so" Er wog bedächtig das Haupt. „Tja, jetzt ist wohl das Kind in den Brunnen gefallen. Da kann nichts machen. Ich kann nur an dein Ehrgefühl appellieren und dich um Verschwiegenheit bitten. Allerdings muss dir auch klar sein, dass dir da draußen keiner glauben wird, dass es heutzutage noch Hexen gibt. Und den einzigen Beweis, " er machte eine kurze Handbewegung und das Zauberbüchlein flog schnurstracks in seine ausgestreckte Hand, „den einzigen Beweis habe ich soeben an mich genommen. Und den Zauberspruch, " er sah Tom tief in die Augen und schnipste plötzlich mit den Fingern, „hast du auch schon wieder vergessen!" Meister Sebastian erhob sich. „Hast du überhaupt eine Ahnung davon, was du da angerichtet hast? Nein, ich fang mal anders an! Du hast doch Physik in der Schule. Was ist einer der ersten Grundsätze, die man da lernt? Na? Naa?" Tom zuckte mit den Schultern. „Da gibt es viele. Ich weiß jetzt nicht, welchen sie hören wollen." „Na, das mit den Körpern!" Der Meister wurde ungeduldig. „Wo ein Körper ist..., na? Naaa?" „ Kann ein anderer nicht sein?" Tom war sich nicht sicher, ob das die richtige Antwort war. „Na. Endlich! Und was folgern wir daraus?" Der Junge wurde noch verunsicherter. „Folgern? Äh, folgern. mmmh, äääh." „Na, ist doch klar! Wenn ein Körper hier ist, muss er wo anders doch fehlen! Logischerweise sind dann also die Pommes, und der andere Kram hier, woanders nicht mehr an seinem Ort. Oder etwa nicht? Und was folgern wir nun daraus?" Jetzt war Tom vollends verwirrt und wusste überhaupt nicht mehr, worauf der alte Zauberer hinaus wollte. „Wir folgern daraus, dass jetzt irgendwo auf der Welt irgendein kleiner Bediensteter eines Schnellimbisses mächtig Ärger bekommt, weil ihm jetzt ein komplettes Menü fehlt. Samt Tablett! Anders ausgedrückt: Du hast es gestohlen! Oder meinst du vielleicht, dass durch deinen Zauberspruch da irgendjemand irgendwo auf der schönen weiten Welt in irgendeiner Hexenküche im Bruchteil einer Sekunde Pommes schnippelt, einen Burger brät, Cola einfüllt, Eis drauf tut, alles schön verpackt, nur um es dir zukommen

47

zu lassen? Nee, nee, mein Lieber, das läuft anders!" Tom zuckte zusammen. „Das habe ich jetzt nicht bedacht" entschuldigte er sich. „In den Büchern liest man immer wieder von herbeizaubern und wegzaubern. Aber woher die Dinge kommen oder gehen, darüber habe ich mir noch nie Gedanken gemacht. Kann ich das irgendwie wieder gut machen?" Er sah den Meister bittend an. „Ich werd mir etwas überlegen! Aber merke dir! Wenn du dir aus deinen eigenen Sachen ein Menü zauberst, im wahrsten Sinne des Wortes, überhaupt kein Problem. Das spart Zeit und Strom. Das steht aber in einem anderen Buch. In einem für Primaner! Nur mal eben irgendetwas von irgendwo her zaubern, das geht überhaupt nicht! Das überlass mal lieber den Profis. Na, ja, " er winkte mit dem Büchlein und grinste, „Du wirst ja sowieso keine Gelegenheit mehr dazu haben, viel in der Weltgeschichte herum zu zaubern." „Wenn das aber so kompliziert ist, wozu brauch man denn das Herbeizaubern?" Der Zauberer strich sich über den Bart. „Gute Frage. Erst mal ist es eine gute Übung für Anfänger. Und außerdem, man hat ja nicht immer gleich alles zur Hand. Da ist es natürlich bequemer, sich kurzfristig etwas auszuleihen. Das ist ja nicht verboten. Ok, viel fragen können wir natürlich vorher nicht. Aber die Sachen kommen ja sowieso alle sofort wieder dahin zurück, wo man sie sich ausgeliehen hat. Ist es dir nicht auch schon passiert, dass du etwas gesucht hast und nicht finden konntest? Sagen wir, ein Radiergummi. Dabei weißt du ganz genau, du hast es hier hingelegt, genau hier hin!" Meister Sebastian klopfte mit dem Zeigefinger energisch auf den Tisch. „Und nun ist es weg! Verschwunden! Futschikato! Das muss nicht unbedingt an deiner eigenen Schusseligkeit liegen. Das kann sich auch irgendein Kollege von mir mal kurzfristig ausgeliehen haben. Oder eine Hexe. Oder vielleicht ein Lehrling, der gerade übt." Meister Sebastian lachte. „Aber ich muss jetzt los! Ich habe wichtigeres zu tun, als pubertierende Jünglinge in die Hexenkunst einzuweisen. Gute Nacht!" Der alte Meister machte Anstalten, zu verschwinden. „Meister, " hielt Tom ihn zurück, „muss Monia denn wirklich eine Hexe werden? Gibt es da gar keinen anderen Ausweg?" „Wieso Ausweg?" Der Meister war erstaunt. „Will sie denn nicht unserem Zirkel beitreten?" Der Junge schüttelte den Kopf. „Sie wusste doch von allem nichts. Sie hatte bis gestern gar keine Ahnung davon, dass ihre Mutter eine Hexe ist. Und erst recht nicht, dass sie in ihre Fußstapfen treten soll. Das war ein richtiger Schock für sie." Meister Sebastian strich sich den langen Bart. „Na ja, ihre Mutter kann ja gleich drauf verzichten und den Platz an Tabea abtreten. Dann muss uns die Großmutter der beiden gleich sagen, wo sie den Ring versteckt hat und Tabea wird sofort Hexenschülerin. Das ist doch gar kein Problem. Sie kommt aus der gleichen Familie. Wenn Monias Mutter dem zustimmt, warum nicht?" „Ist doch ein Problem", widersprach Tom. „Wenn Monias Mutter dem zustimmt, muss Tabea eine schwarze Hexe werden. Und das will sie eben nicht. Sie will eine weiße Hexe werden, wie ihre Tante! Heilen und kräuterkundig werden. Das wird Tabeas Mutter ihr aber nie erlauben. Sie braucht die schwarze Kraft ihrer Tochter, um sie vom Thron zu stoßen. Und das will Tabea wiederum auch nicht. " Der alte Zauberer nickte versonnen. „Hat die finstere Kerry ihren Plan doch noch nicht aufgegeben, mich zu entmachten. Hab ich es mir doch gedacht. Hab ich es mir doch gedacht. Na, warte!" Er sprach mehr zu sich selbst, als zu Tom. „Nun, mein Sohn, " seine Augen blitzen vor Zorn. „In diesem Falle gibt es noch eine dritte Möglichkeit! Dann muss Monias Mutter unter allen Umständen den Ring zuerst finden. Und dann kann sie auch Tabea als ihre Nachfolgerin bestimmen. Schließlich sind sie aus der gleichen Familie. So kann sie auch eine weiße Hexe werden. Das geht. Und die finstere Kerry kann nichts dabei machen" Er kicherte schadenfroh und rieb sich die Hände. „Leider darf ich euch bei der Ringsuche nicht helfen. Selbst ich weiß nicht, wo er versteckt ist. Auch wenn ich es wüsste, wenn das rauskäme! Es würde einen Höllenärger mit dem Oberhexenrat geben und ich würde suspendiert werden. Nein, nein, mein Junge. Da müsst ihr allein

durch. Ich drück euch beide Daumen. Allerdings…, "
er machte eine Pause, „Wenn Kerry zu unfairen
Mitteln greift, lasst es mich wissen. Dann kann ich
ihr auf die Finger klopfen. So, und nun Adieu!" In
dem Moment hörten sie, wie die Wohnungstür
aufgeschlossen wurde. Toms Blick fiel auf die Uhr.
Schon viertel nach Zehn. Seine Mutter kam vom
Dienst. Er sah an sich herunter und auf die
Schweinerei rings umher. Meister Sebastian
bemerkte Toms hilflosen Blick. Schon den Umhang
zum Verschwinden um sich gezogen, schnippte nur
kurz mit dem Finger und sprach: „Brix!" und alles
war, wie zuvor. Er zwinkerte Tom noch kurz zu und
verschwand lautlos.
„Nanu, du bist noch wach?" Die Mutter sah zur Tür
herein. „Und im Kino seid ihr wohl auch nicht
gewesen. Keine Lust gehabt?" „Och nö. Ich habe
lieber mit Monia und Tabea geklönt. Zu dritt hätte
das Geld ja sowieso nicht gereicht." Tom kramte
das Bettzeug aus der Truhe. „Hast du wenigstens
zu vernünftig zu Abend gegessen?" Tom nickte und
musste innerlich lächeln bei den Gedanken an
seinen missglückten Zauberversuch. „Na, denn gute
Nacht" „Gute Nacht! Schlaf schön!" Erst kurz vorm
Einschlafen fiel Tom ein, dass er dem Meister noch
von der türfressenden Ratte hätte erzählen sollen.
Aber zu spät!

Tom machte sich leise sein Frühstück. Er ließ seine Mutter schlafen. So eine Spätschicht ist immer sehr anstrengend. Noch kauend zog er leise die Wohnungstür hinter sich zu und klopfte an Monias Wohnungstür. Frau Magus öffnete ihm. „Du kannst ruhig klingeln. Oder meinst du, du löst dadurch geheime Zauber aus?" Sie lächelte ihn schelmisch an. „Nein, nein, ich wollte nur meine Mutter nicht wecken. Sie hatte Spätschicht. Und bei ihrem leichten Schlaf und den dünnen Wänden..." „Wieso Spätschicht?" fragte Monias Mutter. „Sie ist Krankenschwester in UKE!" „Gut zu wissen! Dann weiß ich ja, wo ich hingehen kann, wenn ich Hilfe brauche." Ihr Lächeln wurde noch einige Grade schelmischer. Tom lachte: „Seit wann brauch eine Weiße denn Hilfe? Ich dachte, die braut sich doch ihre Tränklein selber!" Tabea steckte ihren Kopf zur Küchentür heraus. „Hast du schon gefrühstückt?" Tom nickte. „Na, komm schon rein! Für einen Kakao wird wohl noch Platz sein!" Er setzte sich in Bewegung. Hoffentlich war Tabeas Mutter nicht in der Küche. Es brannte ihm auf den Nägeln, allen von der dem Ausweg zu erzählen, zu dem ihn Meister Sebastian gestern Abend geraten hatte. Nein, die Luft war rein. Er kam gleich mit der Neuigkeit heraus. Die Mädels jubelten und auch Frau Magus war angenehm überrascht. Jetzt mussten sie nur noch den Ring finden. Die drei Kinder beschlossen, ihr Glück noch mal an Toms

Computer zu versuchen. Irgendwo muss doch eine brauchbare Information über „Harmonia" zu finden sein.

Leise gingen sie hinüber zu Toms Wohnung, um seine Mutter nicht aufzuwecken. Während Tom fast lautlos die Tür aufschloss, stand Tabea am Treppengeländer und sah hinunter. „Psst", zischte sie. „Pssst!" Monia und Tom drehten sich um. Tabea wedelte heftig mit der Hand und deutete ihnen, näher zu kommen. Sie schauten vorsichtig in die Tiefe. Unten stand Kerry und flüsterte mit Hausmeister Gögge. Herr Gögge war ein pensionierter Soldat und ein unangenehmer Zeitgenosse. Früher war er bei der Marine und langweilte jetzt jeden, der das hören wollte oder nicht, mit seinen Heldengeschichten, wie er seinerzeit angeblich Piraten gejagt hatte im indischen Ozean. Toms Mutter wusste aber aus zuverlässigen Kreisen, dass dieser Held dort nur eine kleine Küchenhilfe war. Das mit den Piraten und dem indischen Ozean stimmt allerdings. Jetzt hatte er es sich zur Aufgabe gemacht, Nachbarn bei der Hausverwaltung anzuschwärzen, die sich nicht an die Hausordnung halten.

Tante Kerry drückte dem alten Kriegshelden etwas in die Hand und beide verschwanden in Richtung Kellertür. „Die haben was vor! Wir müssen in den Keller. Die Sache gefällt mir nicht." flüsterte Tabea. Die drei liefen die Treppe hinab. Auf der

Kellertreppe kam ihnen der alte Gögge entgegen geschlurft. „Das ist hier kein Kinderspielplatz!" blaffte er sie an. „Wir wollen ein Fahrrad flicken. Seit wann ist das ein Kinderspiel?", fragte Tabea ihn schnippisch und ließ den Hausmeister stehen. Tom grinste. Sie schien ihrer Cousine in Sachen Schlagfertigkeit und frecher Klappe in nichts nachzustehen. Sie gingen sie erst einmal zu Toms Keller, um sicher zu sein, dass der alte Gögge nicht lauscht oder ihnen hinterher spioniert. Doch der ließ sich nicht mehr blicken. Tabeas Mutter war auch nirgendwo zu sehen. „Die ist sicher im Gewölbe, wo die Hexentür ist. Lasst uns nachsehen. Aber leise!" Tabea hatte wieder die Führung unternommen. Doch die Tür zum Gewölbe war abschlossen. Mit einem großen nagelneuen Vorhängeschloss. „Das haben die beiden also zu bekakeln gehabt. So eine Pleite. Wie sollen wir da jetzt reinkommen, ohne Schlüssel?" Monia stampfte mit dem Fuß auf. Tabea lächelte überlegen. „Als wenn uns das davon abhalten sollte, in diesen Keller zu gehen." Sie nahm das Schloss zwischen Daumen und Zeigefinger, rieb ein wenig daran und murmelte ein paar geheimnisvolle Worte. Gleich umgab das Schloss einen seltsamer blauer Schimmer, es klickte und offen war es. „Deine Mutter hat dir ja eine Menge beigebracht!", staunte Tom. „Ich übe ja auch schon seit fast neun Jahren." lächelte Tabea selbstbewusst.

Sie betraten den Luftschutzraum und Tabea ging schnurstracks zu der Stelle, wo die Hexentür verborgen war, strich mit der Hand über den Putz und sie wurde sichtbar. Als sie den langen Gang betraten, sahen sie es auf einen Blick. Die Ratte hatte ganze Arbeit geleistet. In der Tür zur Karibik klaffte ein riesiges Loch! Fein säuberlich von dem Tier hinein genagt

Tabea war wütend. „Zu dumm, dass Meister Sebastian die Türen nur für Hexen versiegelt hat. Er hätte sie für das ganze Ungeziefer, das in diesem Keller kreucht und fleucht, auch mit unter Bann legen sollen. Aber zu spät. Ich vermute mal, dass mein lieb Mutterherz sich jetzt irgendwo in der Karibik rumtreibt. Wir müssen hinterher! Wir müssen zu Mama Rosanna und sie um Hilfe bitten."

Tom wehrte ab. „Ich kann doch jetzt nicht in die Karibik. Wie soll ich das meiner Mutter erklären? Wie lange bleiben wir denn weg? Und vor allen Dingen, wie kommen wir dahin?" „Erst einmal, wie lange wir bleiben, weiß ich nicht und zweitens, wir gehen auch durch das Loch. Und deine Mutter hat doch sowieso Dienst. Lauf hoch und sage ihr, dass du die beiden Pfingsttage bei uns verbringst und wir einen Ausflug machen. Nach Hagenbeck, oder so. Sie soll sich keine Sorgen machen, du übernachtest auch bei uns." Tabea hatte mal wieder alles im Griff. Gesagt, getan. Tom lief nach oben, sagte seiner Mutter schnell Bescheid und war schnurstracks wieder unten bei seinen Freundinnen. „Viel Spaß wünscht sie uns. Na, wenn die wüsste!"

Tabea gab die Instruktionen. „Wir müssen jetzt durch das Loch. Alles klar?" Also, dann!" Sie kroch voran. Ganz geheuer war Tom die Sache nicht. Aber, was soll`s? Wenn er den beiden Mädchen damit helfen konnte! Augen zu und durch! Es war, wie beim ersten Mal. Der Funkenzauber, das Drehen. Plötzlich war es auch schon wieder vorbei.

## 5. Mama Ro

Sie standen plötzlich in dem Lagerraum eines Andenkengeschäfts. „Wir sind im Laden von Rosanna Gonzales", erklärte Tabea. Sie winkte den beiden, ihr zu folgen. Besagte Mama Ro saß auf einem Schemel hinter der Kasse. Ohne sich umzudrehen sagte sie: „Ich habe euch schon erwartet." Tabea schob den Perlenvorhang zur Seite und lief auf sie zu. Sie umarmte die Frau herzlich und sah sie dann ernst an. „Du musst uns helfen, Mama Ro! Meine Mutter hat wieder Böses im Sinn!" Mama Ro war eine etwas dickliche Kreolin im fortgeschrittenen Alter, mit leicht ergrautem Haar. Sie erhob sich ächzend und legte Tabea tröstend die Hand auf den Kopf. „Ich weiß Bescheid, meine Kleine. Ich weiß Bescheid. Aber nun kommt erst einmal rein, du und deine Freunde." Sie machte eine einladende Handbewegung. „Hallo Monia, Hallo Tom! Immer herein in die Hütte!" Tom staunte. Woher wusste sie denn seinen Namen? Tabea lachte, wedelte mit beiden Händen und unkte mit geheimnisvoller Stimme: „Die dunklen Geheimnisse der Hexenkunst. Ich sagte dir doch. Mama Ro ist eine Schamanin! Sie ist hier ungefähr so etwas, wie in Hamburg Monias Mutter" Mama Ro lachte, wurde aber gleich wieder ernst „Tatsache ist, deine Mutter war schon hier." Sie schlurfte zum Kühlschrank und holte drei Flaschen Limonade heraus. „Ihr seid sicher durstig, setzt euch man hin." Sie wies auf eine kleine Essecke, in der gelegentlich Gäste saßen, oder auch Kunden. Für einen kleinen Klönschnack hatte man hier immer Zeit. „Sie hat sich nach dem alten Nicodemus erkundigt. Mit dem hatte sie doch damals gemeinsame Sache gemacht, als sie Meister Sebastian stürzen wollte. Nur mit Hilfe seiner Magie ist es ihr damals gelungen, ihrer besten Freundin Marcia die Zauberkraft abzunehmen. Na ja, ihr wisst ja, was daraus wurde. Und jetzt muss der Nicodemus auf seine alten Tage wieder zum Fischen raus fahren. Der Hexenrat hat ihm für hundert Jahre die Zauberkraft abgenommen. Nur einmal im Monat, nämlich bei Vollmond um Mitternacht, darf er über seine Kristallkugel seine seherischen Fähigkeiten einsetzen. Die nutzt er meistens, um für sich die besten Fischgründe auszukundschaften. Heute Nacht ist es wieder soweit. Da ist Vollmond und der alte Nick wird um Mitternacht wieder in die Zukunft schauen. Ich schätze, dass deine Mutter deshalb hier ist. Wenn es ihr gelingt, den Alten zu überreden, seine seherische Gabe für sie einzusetzen, kann er ihr zeigen, wo der Ring versteckt ist. Dann habt ihr richtig Probleme". Tabea nickte grüblerisch. „Das fürchte ich auch." Tom stand auf. „Ach was, " rief er kampflustig. „Wir kriegen schon heraus, was sie vorhat. Keine Bange, Kinder, der Dame spucken wir schon gehörig in die

Suppe." Mama Ro erhob sich ächzend und begann, die leeren Flaschen einzusammeln. Als die Kinder ihr helfen wollten, winkte sie ab. „Lasst man, ich mach das schon." Sie warf die Flaschen hoch in die Luft, schnippte mit dem Finger und sie flogen im hohen Bogen in eine leere Getränkekiste in der Ecke. Tom war beeindruckt. Monia und Tabea kannten anscheinend dieses Kunststückchen schon und zeigten sich gänzlich unbeeindruckt. „Seht ihr euch erst einmal in aller Ruhe um hier. Ich habe noch im Lager zu tun. Vielleicht fällt mir dabei etwas ein." Sie verschwand durch den Vorhang und die Kinder hatten endlich Zeit, sich mal richtig umzuschauen. Der Laden war mehr eine ziemlich große, stabil, aber luftig gebaute Bretterhütte. Nach vorne offen, ließ sie sich nachts mit einem herabklappbaren Fensterladen verschließen. Hinter dem Tresen war der Durchgang mit dem Perlenvorhang, durch den die drei gekommen sind. Dahinter war ja das Lager. Vom Lager ging noch eine Tür ab, in Mama Ro`s kleine Wohnung. Die war aber eher eine große Wohnküche mit Schlafgelegenheit und Bad. Viel mehr braucht man hier nicht in der Karibik. Die Leute hier sind sehr genügsam, aber glücklich, die meisten jedenfalls, sagt Mama Ro.

Der kleine Laden war mit allerlei Andenken, Muscheln, Ketten und Krimskrams vollgestopft. An der einen Seite hingen noch bunte Tücher, Bikinis, lustige Hawaii- Hemden und T-Shirts mit witzigen Aufdrucken. Tabea hatte an der Theke Kaugummi entdeckt und zückte ihr Portemonnaie. Mama Ro erschien wieder im Laden und winkte gleich ab. „Lass stecken, Mädchen. Ich bin heute mal spendabel. Aber etwas ganz anderes! Ich habe mich ja heute Morgen mit Kerry unterhalten. Sie ist sehr böse auf euch. Besonders auf dich, Tom. Sie meint, dass du Tabea den Floh ins Ohr gesetzt hast, dass sie eine weiße Hexe werden will. Jetzt setzt sie alles daran, diesen ominösen Ring zuerst zu finden. Wenn es ihr durch Nicodemus gelingt, das Ringversteck auszukundschaften, hat Tabea keine Chance mehr, eine weiße Hexe zu werden. Also müssen wir verhindern, dass die beiden in die Zukunft sehen. Und ich habe auch schon einen Plan. Wenn er heute Abend vom Fischen kommt, wird Kerry ihn bestimmt aufsuchen. Dann muss alte Nick aber schon einen gehörigen Rausch haben." Mama Ro stand auf, weil sich Kundschaft um einen ihrer Ansichtskartenständer versammelt hatte. „Ich schlage vor, ihr seht euch mal unauffällig die Hütte von Nicodemus an. Einfach die Hauptstraße hinunter. Ziemlich weit draußen" Sie zeigte in die Richtung. „Könnt ihr gar nicht verfehlen. Und genau so unauffällig verliert ihr vor seiner Hütte dieses hier!" Sie drückte Tom eine große Flasche hochprozentigen Jamaika-Rum in die Hand. „Lasst die zufällig am Strand fallen, bedeckt sie vielleicht noch leicht mit Sand, damit es so aussieht, als wenn schon längere Zeit dort liegt. Und verwischt eure Spuren. Die Flasche wird er schon finden. Der riecht Schnaps durch Glas hindurch, glaubt mir. Vielleicht reicht das ja schon, um ihn außer Gefecht zu setzen. Sonst muss ich mir etwas anderes einfallen lassen."

Die drei Kinder trotteten los. Sie hatten den Stadtrand schon eine ganze Weile hinter sich gelassen, als sie auf die Hütte stießen. Die hatte wirklich schon mal bessere Zeiten gesehen. Vom stetigen Seewind gezeichnet, mit abgeblätterter Farbe und windschiefem Blechschornstein, bot sie einen recht traurigen Anblick. Selbst die alte Fußmatte, auf der man noch den Schriftzug „Welcome" erahnen konnte, machte die Hütte nicht zu einem erfreulicheren Anblick. Sie lugten durchs Fenster. Ein Feldbett, ein Tisch mit zwei Stühlen und ein wackeliger Schrank, in der einen Ecke noch ein krummbeiniger alter Herd, das war das ganze Mobiliar in der Behausung. Abgeschlossen war sie auch nicht. „Wahrscheinlich bringt ein Dieb eher was hinein, als dass er was herausholt." kommentierte Monia. Sie sahen sich in der Umgebung um. Hinter der Bude lagen alte Kisten und Fässer herum. Ein paar lange Stangen ragten in den Himmel, an denen der Fischer abends seine Netze trocknete. Ein paar Meter hinter der Hütte begann ein Palmenwald und etliche Büsche wucherten bis fast an die Hütte ran. „Da legen wir uns heute Abend auf die Lauer und warten ab, was passiert. Einverstanden?" Die Mädchen nickten zustimmend. Jetzt hieß es noch, einen geeigneten Platz für ihr Mitbringsel zu finden. Sie entschieden sich, die Flasche in der Nähe des Steges zu verbuddeln, an dem Nick immer sein Boot fest machte. Gerade so tief, als wenn sie jemand verloren hätte und der ewig wehende Wind sie schon leicht mit Flugsand bedeckt hat. Mit einem verdorrten Palmenwedel verwischten sie ihre Fußstapfen. Sie schlenderten zurück. Wenn sie unter weniger stressigen Bedingungen hier gewesen wären, hätten sie das Meer und den Wind genießen können. Aber so?

Mama Ro stellte gerade die Teller auf den Tisch in der Essecke, als sie den Laden betraten. „Na, habt ihr euch umgesehen?" Die Kinder nickten nur und hockten sich auf die Bank. Mama Ro stellte den Topf in die Mitte und füllte sich ihren Teller auf. „Greift zu, bevor es kalt wird." Sie sah in die Runde. „Mit leerem Magen löst man keine Probleme!" Der leckere Duft des Gulaschs ist den Kindern schon in die Nase gestiegen und hat ihren Appetit geweckt. Tabea griff sich eine Gabel, klebte ihr Kaugummi kurzerhand an ihren goldenen Ohrring, und langte kräftig zu. Die alte Dame war anscheinend nicht nur eine gute Schamanin, sie war auch eine hervorragende Köchin. Jedenfalls ist bald von dem

Essen nicht ein Fitzelchen übrig geblieben. Tom rieb sich wohlig den Bauch und rülpste verhalten. Die Mädchen kicherten. Mama Ro räumte die Teller bei Seite. „Nach dem Essen soll man ruhn, oder tausend Schritte tun. Nehmt euch eine Decke aus dem Lager und legt euch ein bisschen an den Strand. Bis zum Abend ist noch lange hin. Und die paar Teller wasch ich schnell alleine ab." Wieder schnipste sie mit dem Finger und das Geschirr flog, wie von Geisterhand bewegt, in die Spüle.

„Toll", maulte Tabea, „In Jeans und T- Shirt an den Strand legen!" Mama Ro drehte sich um, stemmte ihre Hände in die Seiten und sah Tabea belustigt an. „Wenn das deine größte Sorge ist, dem Kind kann geholfen werden. Hinten im Lager steht noch eine Kiste mit Sachen vom Vorjahr. Da ist bestimmt etwas Passendes für euch dabei. Ihr müsst nur tüchtig suchen." Die Kinder stürmten an der wohlbeleibten Frau vorbei ins Lager. Mama Ro schüttelte lachend den Kopf und rief ihnen noch nach: „Aber keine Unordnung machen, sonst räumt ihr nachher alles wieder auf. Verstanden?" Sie wartete keine Antwort ab und machte sich über den Abwasch her.
Schnell hatten die Kinder sich mit den entsprechenden Strand- Outfits eingedeckt. Die Mädchen verschwanden in Mama Ro`s Wohnküche zum Umziehen und Tom zog sich im Lager eine

neue Bermuda- Shorts an. Bald darauf ging es mit einer Decke unter dem Arm und einer Kühltasche mit Getränken an den nahen Strand. Weit mussten sie nicht gehen. Gerade mal über die Straße und schon waren sie da. Der Strand war ziemlich leer, nur ein paar ältere Touristen lagen unter den Palmen in ihren Liegestühlen und genossen die Ruhe der Vorsaison.

Unser Dreigespann suchte sich ein schattiges Plätzchen etwas abseits und sie bereiteten sich dort ihr Lager. Monia breitete die Decke aus. Tom öffnete die Getränkedosen, gab den Mädchen jeder eine und setzte sich mit dem Rücken gegen eine Palme. Tabea saß im Schneidersitz auf der Decke, kaute ihr Kaugummi und ließ in ihrer Hand ein paar Kieselsteine spielen. „Was meint ihr, wie geht es weiter, falls Nicodemus die Flasche findet und sich betrinkt? Was wird dann meine Mutter unternehmen? Kann man jemanden nüchtern zaubern?" Monia überlegte. „Hab ich noch nie von gehört. Aber vielleicht gibt es geheime Kräuter, die den Alkohol schneller abbauen lassen. Deine Mutter kennt doch sämtliche Tricks, vielleicht auch solche."
„Ich glaube nicht, dass sie immer eine ganze Kräuterapotheke bei sich hat", mischte sich Tom ein. Tabea nickte zustimmend. „Wenn es tatsächlich solche Kräuter geben sollte, glaub ich auch nicht, dass sie die ständig parat hat. Aber sie wird sich die besorgen können. Sie kennt ja schließlich alle

Hexen und Magiere auf dieser Insel. Da wird es ihr nicht schwer fallen, sich irgendwelche Mittelchen zu beschaffen." „Und wie willst du sie daran hindern, die Hütte wieder zu verlassen, um sich das Zeugs zu besorgen? Willst du die Tür zunageln?" Toms Einwurf ließen Monia und Tabea wieder nachdenklich werden. Stumm saßen die drei auf der Decke und brüteten dumpf vor sich hin. Leise klickten die Kieselsteine, mit der Tabea immer noch spielte. „Wir werden sie mit ihren eigenen Mitteln schlagen!" Aufgeregt ist sie aufgesprungen. „Ja", rief sie lachend aus. „Genauso machen wir es! Ja, richtig! Ein Drudenfuß!" Sie machte vor Freude eine riesige Kaugummiblase und ließ sie Platzen „Das ich da nicht gleich drauf gekommen bin!" Sie strahlte. Ihre beiden Freunde sahen sie zweifeln an. „Ein Druidenfuß?" Tom verstand nur Bahnhof. „Nein! Ein Drudenfuß. Ein Pentagramm! Ein Drudenfuß ist ein magisches Zeichen, das Hexen und bösen Geister daran hindern soll, ein Gebäude zu betreten. Wenn man so eins auf die Türschwelle malt, lässt dieses Zeichen nur das Gute in das Haus." „Du willst also, dass deine Mutter die Hütte vom alten Nick gar nicht erst betritt." Überlegte Monia. „Nein, nein", widersprach Tabea. „Dann könnte sie ja die Kräuter ja noch besorgen und sie ihm doch mit irgendwelchen Tricks verabreichen. Das wäre zu riskant. Schließlich muss sie ja die Bude nicht betreten, um sich vom Nick weissagen

65

zu lassen. Nein, es gibt da einen Kniff, den ich kenne! Der Drudenfuß muss auf eine bestimmte Weise gezeichnet werden. Und zwar in einem Zug und eine Zacke muss nach außen zeigen. Und jetzt der Kniff! Wenn man genau diese Zacke nicht schließt, können böse Geister und Hexen den Raum oder das Gebäude zwar betreten, aber erst, wenn sie es wieder verlassen wollen, bemerken sie den Zauber. Und dann versperrt dieses Zeichen ihnen aber den Ausgang. Und dann ist es zu spähät, " jubilierte Tabea. Tom überlegte. „Dann ist Kerry schließlich und letztendlich in Old Nicks Bretterbude gefangen. Und für wie lange?" „Wahrscheinlich die ganze Nacht. Bis Nick wieder nüchtern ist. Nur der Besitzer des Hauses kann derjenigen Person erlauben, es wieder zu verlassen, in dem er die Entlassungsformel spricht. Ich glaube nicht, dass Nicodemus in seinem alkoholisierten Zustand eine vernünftige Entlassungsformel zustande bringt." „Und was ist, wenn sie durch das Fenster entwischt?" Monia hatte so ihre Bedenken. „Das ist ja das Gute! Es geht nicht!" triumphierte Tabea. „Sie können nur da hinaus, wo sie hereingekommen sind." „Ok! Was aber ist, wenn Kerry das Zeichen sieht? Dann wird sie die Hütte doch gar nicht erst betreten." So ganz überzeugt war Tom von dieser Zauberei noch nicht. „Wir machen das Zeichen einfach unter der alten Fußmatte, die vor der Tür liegt. Dann sieht sie es nicht! " klärte Tabea ihn auf. „Wenn das so ist, ausprobieren können wir es ja! Kann ja nicht schaden." Monia nickte zu ihrem Einverständnis. „Wenn das so ist, können wir ja auch schwimmen gehen! Kann ja nicht schaden, " ulkte Tom und sprang auf. „Wer zuletzt im Wasser ist, ist ein Drudenfuß!" Die Mädchen schrien empört auf und stürmten den Jungen ausgelassen hinterher.

Das Bad im Meer hat den Kindern gut getan. Für kurze Zeit konnten sie entspannt vergessen, weswegen sie hergekommen sind und was sie heute Nacht erwartet. Jetzt waren sie auf dem Weg zu Old Nicks Hütte. Sie hatten Mama Ro von ihrem Plan berichtet und die fand ihn gut. Weil die Kinder ja bis Mitternacht warten mussten, hatte sie sie noch vorsorglich mit Taschenlampen ausgerüstet. Taschenlampen mit Kurbel. Tom musste lachen, über die, wie er meinte, altmodischen Dinger. Aber als er genauer darüber nachdachte, fand er diese Dynamo- Lampen gar nicht mehr so altmodisch. Im Gegenteil! Batterien können leer werden und zwar meistens dann, wenn man sie am nötigsten braucht. Bei denen hier brauchte man nur ein paar Minuten zu kurbeln, wenn der Akku leer ist, und das Licht für die nächste halbe Stunde ist wieder gesichert.

Es war schon stockdunkel, als sie bei der baufälligen Fischerhütte ankamen. Schon von weitem hörten sie das gewaltige Schnarchen, das aus dem geöffneten Fenster zu ihnen drang. Die Schnapsflasche, die sie so sorgfältig am Landungssteg drapiert hatten, war verschwunden. Vorsichtig schlichen sie heran und Tom warf einen kurzen Blick in das Innere der Hütte. Der alte Nicodemus lag auf seinem Bett und sägte, dass sich die morschen Balken bogen. Auf dem wackligen Tisch die fast leere Rumflasche und ein umgekipptes Glas. Eine einsame Kerze verströmte ihr spärliches Licht. Trotzdem konnte der Junge erkennen, dass der Fischer zwar alt, aber trotzdem von kräftiger Statur war. Genauer genommen ein ziemlicher Hüne. „Mit dem möchte ich mich aber nicht anlegen", schoss ihm durch den Kopf, als Monia ihn anstubste. Sie wies mit dem Kopf in Richtung Wäldchen. Tom folgte ihr lautlos. Tabea hatte inzwischen vorsichtig die alte Fußmatte hochgehoben und zeichnete mit ihrem Zeigefinger sorgfältig das Pentagramm in den Sand. Dann folgte sie ihren Freunden in den Palmenwald

Es war schon kurz vor elf Uhr, als sie den Schatten bemerkten, der sich fast lautlos auf die Hütte zu bewegte. „Da kommt sie!" flüsterte Monia aufgeregt. Sie hörten das Quietschen der alten Tür in ihren verrosteten Angeln und dann eine empörten Aufschrei. „Nicodemus, du alte Schnapsdrossel! Hast du dich wieder sinnlos volllaufen lassen, du

Saufaus! Wach gefälligst auf, wenn ich mit dir mit dir schimpfe!" Kerries schrille Stimme war meilenweit zu hören. Das Schnarchen verstummte für einen Augenblick, ein kurzes Grunzen war zu hören und dann setzte das Sägekonzert von neuem ein. „Ich werde dich schon nüchtern kriegen, wart`s nur ab!" Ihre Stimme überschlug sich fast vor Wut. Die drei Kinder huschten zu dem alten Gerümpel hinter dem Haus und suchten sich jeder einen Platz, wo sie durch die Ritzen der Bretterbude das Geschehen beobachten konnten. Die Kerze auf dem Tisch beleuchtete die Szenerie nur mangelhaft. Kerry schnappte sich zornig den einzigen Kochtopf vom Herd. „Mal sehen, ob ich dich nicht mit einer gehörigen Menge Wasser wieder nüchtern bekomme." Sie wollte nach draußen stürmen, um aus der Regentonne Wasser zu schöpfen, prallte im Türrahmen aber wie vom Schlag getroffen zurück. Sie torkelte rückwärts durch den Raum, stolperte über ein Stuhlbein, und blieb dann mit einer gekonnten Drehung neben Old Nick auf dem alten Feldbett liegen. Verdutzt lag sie da für einige Sekunden, schüttelte dann verwirrt den Kopf, erhob sich und ging vorsichtig zur Tür. Mit ausgestreckter Hand tastete sie sich vorwärts, zog sie dann aber mit einem spitzen Schrei zurück, als hätte sie einen elektrischen Schlag bekommen. „Nicodemus!" Aus tiefster Brust und mit unbändiger Wut schrie, nein, brüllte Kerry den Namen des alten Mannes. Mit

69

zornesroten Kopf stapfte sie auf das Bett zu, packte Nick bei der Schultern und rüttelte ihn solange, bis ihr die Luft ausging. Der so gebeutelte drehte sich nur murrend um, murmelte etwas Unverständliches in das ehemals weiße Kopfkissen, und setzte sein Schnarchkonzert fort. Kerry schlich erschöpft und mit hängenden Schultern an den Tisch, setzte sich dort auf einen der wackligen Stühle und vergrub den Kopf in ihre Hände. Als erfahrene Hexe hatte sie natürlich sofort erkannt, dass sie durch einen Zauber gefangen war und unternahm auch keine weiteren Versuche mehr, das Haus durch die Tür verlassen zu wollen. Tabeas magisches Zeichen hat volle Wirkung gezeigt. Kerry war in der alten Fischerhütte gefangen. Nach einer kleinen Ewigkeit, die Kinder wollten sich schon leise wieder in den Wald zurückziehen, ließ sie die Hände sinken. Sie starrte eine Weile vor sich hin. Plötzlich ging ein Ruck durch ihren Körper, die Schultern strafften sich und sie stand abrupt auf. Mit entschlossenem Schritt ging sie zu dem alten Schrank, öffnete ihn und warf den Inhalt der linken Seite kurzentschlossen auf den Fußboden. Viel war es nicht, was da so auf dem Haufen lag. Eine zerschlissene Gummihose für Fischer und die dazugehörige Jacke, Nicks fadenscheiniger Sonntagsnachmittagsausgehanzug und ein paar alte Hemden, das war der kärgliche Inhalt der Kleiderabteilung des Schranks. In der rechten Seite befanden sich fünf Regale. Drei davon waren mit Socken und Unterhosen wahllos vollgestopft. In den übrigen beiden standen Gläser und Konservendosen mit mehr oder weniger klar erkennbarem Inhalt, ein angeschnittenes vertrocknetes Brot und der Rest einer fetttriefenden Salami vervollständigten die Lebensmittelvorräte dieses Junggesellenhaushaltes.

Kerry nahm sich erst den Anzug vor. Was sie genau suchte, wusste sie nicht. Aber sie wusste ganz genau, dass man in einem alten Hexer-Haushalt bestimmt etwas finden konnte, was ihr helfen würde. Schließlich musste sie den alten Nick vor Mitternacht nüchtern kriegen. Also suchte sie weiter. Aber außer ein paar alten Taschentüchern mit einem eingeklebten Eukalyptusbonbon fand sie nichts Nennenswertes in den Hosentaschen. Das Gummizeug und die Hemden hatten keine Taschen und somit war dieser Teil ihrer Suche auch schnell beendet. Nun räumte sich sie die Gläser und Konservendosen aus, die im Schrank standen. Sie alle waren noch verschlossen und in einem relativ guten Zustand für ihr Alter. Ganz hinten im Schrank, hinter den Lebensmitteln verborgen, stand ein schwarzer, hölzerner Kasten. Kerry erkannte sofort, dass es sich um die Schatulle für eine Kristallkugel handeln musste. Sie nahm den Kasten vorsichtig heraus und stellte ihn auf den Tisch. Sie entriegelte den Verschluss und öffnete langsam den Deckel.

Tatsächlich! Eine sehr schöne, polierte Kristallkugel, die schon einige hundert Jahre alt sein dürfte, lag auf Samt gebettet vor ihr. Kerry strich über die magische Kugel, doch plötzlich schnupperte sie. Moment mal, da war doch ein Geruch! Schwach zwar nur, aber doch sehr markant. Sie nahm die Kugel mit samt dem Tuch aus dem Kasten und legte sie behutsam auf den Tisch. Nun begann sie das Kistchen zu untersuchen. Sie wusste aus Erfahrung, dass in so alten Kästchen oft Geheimfächer verborgen sind. Manche mit einem Zauberspruch belegt, um sie vor Unbefugten zu schützen, manche waren durch einen verborgen Mechanismus geschützt. Kerry strich behutsam über das alte Holz, fühlte, tastete. Sie schnüffelte, roch an verschiedenen Stellen und Ecken, schüttelte leicht die Schatulle, als sie plötzlich ein leises, kaum wahrnehmbares „Klack" vernahm. Sie drehte den Kasten in die entgegengesetzt Richtung und wieder das „Klack". Das kam vom Deckel her. Besser gesagt, von den Scharnieren am Deckel. Die Hexe betrachtete sich die jetzt genauer. Ein triumphierendes Lächeln huschte über ihr Gesicht. Mit ihrem spitzen Daumennagel schob sie das rechte Scharnier leicht zur Seite und noch ein „Klack" und der Boden der kleinen Truhe sprang auf, heraus glitt ein kleines Kästchen. Kerry nahm es und öffnete es hastig. Doch zu ihrer Enttäuschung war es leer. Nur in der hintersten

Ecke hatte sich ein kleines Stück Blatt von irgendeinem Kraut festgeklemmt. Vielleicht so groß, wie ihr Daumennagel. Wieder schnüffelte Kerry. Den Geruch kannte sie genau, konnte ihn aber im Augenblick nicht einordnen. Missmutig setzte sie die Kästen wieder zusammen, legte die Kugel mit dem Samt zurück in die Kiste und verschloss sie sorgfältig. In ihrem Kopf ließ sie sämtliche, ihr bekannten, Kräuter Revue passieren. Aber sie kam nicht drauf, wonach dieses Fitzelchen von Blatt roch. Grübelnd hängte sie den Anzug, die Hemden und die Fischersachen zurück in den Schrank. Der Kasten mit der Kugel kam wieder auf seinen Platz und auch die Lebensmittel ordnete sie wieder ein. Als sie die letzte Dose in den Schrank stellte, fiel es ihr wie Schuppen von den Augen. Ja, Natürlich! Das war Pestwurz! Sofort kramte sie die Schatulle wieder hinter den Konserven hervor, setzte sich an den Tisch und entriegelte den geheimen Verschluss. Gleich purzelte das kleine Kästchen aus dem Boden hervor und Kerry öffnete es hastig. Sie schnupperte an dem kleinen Stückchen Blatt, was da so eingeklemmt in der Ecke stak, und jetzt wusste sie es genau. Richtig! Pestwurz! Vielleicht schon zwei-, dreihundert Jahre alt, aber immerhin Pestwurz. Die Hexe wusste, mit dem Rauch dieses Krautes konnte man fast Tote aufwecken, wenn man es verbrannte. Aber da handelte es sich um frisch getrocknete Pflanzen. Würde dieses kleine

Stückchen eines uralten Blattes genügen, um Old Nick wach zu kriegen, wenn sie ihm den Rauch direkt in die Nase blies? Schließlich verlieren Kräuter über so einen langen Zeitraum oft ihre Wirkung. Wer wagt gewinnt. Kerry zog sich eine Haarnadel aus ihrer knallroten Mähne und piekte sie behutsam in den Pestwurz. Vorsichtig zog sie das eingeklemmte Stück aus der Ecke des Kästchens. Jetzt nur keinen Fehler machen. Ein winziger Lufthauch und das Blättchen würde unauffindbar vom Tisch gewirbelt. Sie schloss das Kästchen wieder, stand auf und holte sich einen Unterteller und eine Kerze von der Fensterbank und die Streichhölzer vom Herd. Sie ließ etwas Kerzenwachs auf den Teller tropfen und nahm die Haarnadel mit dem kleinen Stück Pestwurz. Das drückte sie hochkant stehend in die noch weiche Wachsmasse. Zufrieden betrachte sie ihr Werk. Das Stück ist jetzt fixiert. Nun kann sie daran gehen, Old Nick aus seinem Rausch zu erwecken. Kerry nahm den Teller und die Streichhölzer, ging zum Bett, wo der alte Fischer noch immer heftigst an dem gesamtkaribischen Palmenbestand sägte, und zündete ein Streichholz an. Vorsichtig brachte sie den Pestwurz zum Glühen. Sofort machte sich ein beißender Geruch in der Hütte breit.

Tom und die beiden Mädchen hatten alles mit angesehen. Sie sahen sich fragend an. Was hat

Tabeas Mutter vor? Bei dem spärlichen Licht der einzigen Kerze in der Hütte hatten sie natürlich nicht richtig mitbekommen, was die Hexe da vorhatte. Erst als sie sahen, dass Kerry den Teller mit dem glühenden Pestwurz dem Nicodemus unter die Nase hielt und den beißenden Geruch wahrnahmen, ahnten sie, dass das nichts Gutes zu bedeuten hatte. Der beißende Rauch zeigte sofortig Wirkung. Mit einem gewaltigen Schrei schoss Old Nick von seinem Feldbett in die Höhe. Er fuchtelte wild mit seinen Armen in der Gegend herum, weil er sich mit den Beinen in der Bettdecke verheddert hatte, verlor das Gleichgewicht und krachte mit seinem vollen Körpergewicht auf den klapprigen Tisch. Der brach unter ihm zusammen und die Kristallkugel, die eben noch auf dem Tisch lag, schoss im hohen Bogen quer durch den Raum. Voller Schrecken musste Kerry hilflos mit ansehen, wie das kostbare Kristall auf der gusseisernen Herdplatte in tausend Stücke zersprang. Sie wusste sofort, ihre Hoffnung, durch Old Nick mehr über das Versteck des Siegelringes zu erfahren, war dahin. Der hatte die Situation überhaupt noch gar nicht richtig erfasst. „Du Teufelsweib! Was treibst du wieder für einen Schabernack? Kannst du einem schwer arbeitenden Mann nicht mal seinen wohlverdienten Rausch ausschlafen lassen? Ist denn das schon zuviel verlangt?" Wütend brüllte er die rothaarige Hexe an. Dann fiel sein Blick auf die

Scherben der Kristallkugel. Er schlug sich die Hände vors Gesicht. „Nein! Um Himmels willen, nein!" Er starrte Kerry an, dann auf die Fragmente seiner magischen Kugel, dann wieder Kerry. „Bist du denn von allen guten Geistern verlassen? Was, in aller Welt hast du da angestellt? Bist du wahnsinnig geworden?" Mit erhobenen Händen ging der Hüne drohend auf Kerry zu. Die wich voller Angst zurück bis zur offenen Tür. Doch plötzlich sprang sie mit einem spitzen Schrei einen Schritt nach vorne und rieb sich ihr Hinterteil. Sie hatte den Drudenfuß auf der Türschwelle vergessen und der hatte sich sofort schmerzhaft wieder in Erinnerung gebracht. Old Nick erkannte die Situation sofort. „Der Drudenfuß ist nicht von mir!" verteidigte er sich sofort. „Das kannst du mir nicht anhängen! Mit solchen Mitteln arbeite ich nicht!" Der alte Fischer wedelte mit seinem gestreckten Zeigefinger dicht vor Kerries Nase herum. Es gilt in der schwarzen Magie nämlich als unfein und schäbig, sich vor anderen Hexen mit solch magischen Zeichen zu schützen. „Ach ja, und wie kommt es da hin?" Tabeas Mutter bekam wieder Oberwasser. „Woher soll ich das denn wissen?" Old Nick nahm sich einen der Stühle, setzte sich rittlings darauf und betrachtete Kerry mit wütendem Blick. „Was hast du überhaupt in meiner Hütte zu suchen und wieso, in drei Teufelsnamen, durchstöberst du meine Sachen. Die Kugel stand doch ganz hinten im

Schrank. Was hast du also darin zu suchen gehabt?" Kerry nahm sich den anderen Stuhl, setzte sich dem Mann gegenüber und berichtete ihm ihre Geschichte. Die Sache mit dem Ring, dass Tabea eine schwarze Hexe werden soll und sie deshalb den Ring als erste finden müssen und dass sie deshalb hierhergekommen ist, um ihn um Hilfe zu bitten. Doch leider hatte er von diesem Jamaika-Rum ja nicht genug bekommen können und so hat sie in ihrer Not nach einem Ausweg gesucht. „Nach einem Ausweg? In meinem Kleiderschrank? Das Ding ist gut!" Der alte Mann warf den Kopf in den Nacken und lachte dröhnend auf. Kerry zuckte zusammen, als der Fischer seinen sonoren Bass ertönen ließ. „Schließlich habe ich immer wieder versucht, dich zu wecken. Also mach mir bitte keine Vorwürfe! Und jetzt sei so gut, und heb den Bann auf, Ich habe es eilig." Sie erhob sich von dem Stuhl und ging zur Tür. „Und was habe ich davon, wenn ich fragen darf?" Die Hexe funkelte ihn mit zornigen Augen an. „Es ist jetzt keine Zeit für Diskussionen. Es ist gleich halb zwölf. Ich muss noch versuchen, uns bis Mitternacht eine andere Kristallkugel zu besorgen. Und ich weiß auch schon, wo." „Uns?" Er zog die rechte Augenbraue hoch. „Habe ich richtig gehört, uns?" Der Hüne saß mit verschränkten Armen auf seinem Stuhl und sah Kerry spöttisch an. „Ja, uns!" bestätigte sie. „Ich habe gehofft, dass du mir hilfst." Sie sah den Fischer bittend an. Der stand

77

auf und stellte sich vor sie. „Warum sollte ich? Nach all dem, was du mir angetan hast!" „Weil du in die Zukunft schauen kannst und ich nicht. Ist Tabea erst in der Hexenschule, kann ich bald ihre Hexenkraft nutzen, um Meister Sebastian zu stürzen. Dann bin ich die Chefin des Zirkels und dann, mein lieber Nicodemus, " sie tippte dem Mann mit den Zeigefinger vor die Brust, „und dann erlöse ich dich von deinem Bann! Neunzig Jahre früher, als dir der Hexenrat auferlegt hat. Denk mal drüber nach! Aber schnell, bis Mitternacht ist es nicht mehr lang hin!" Der Alte kratze sich den Bart. Dann drehte er sich um, ging zur Tür, wies mit dem Zeigefinger auf die Türschwelle und murmelte beschwörend eine Formel. Dann hob er einladend seine Hand. „Madam, es ist geöffnet. Ich habe den Zauber aufgehoben". Kerry nahm Old Nick bei der Hand. „Und du kommst mit!"

## 6. Marcias Grotte

Die Kinder hatten sich schnell an den Waldrand
zurückgezogen und beobachteten, wie Kerry und
Nick den Strand runter gingen. So lautlos, wie
möglich folgten sie ihnen. „Was haben sie vor?"
zischte Monia. Tabea überlegte kurz. „Ich glaube,
sie wollen zu Marcias Grotte. Du weißt doch!
Marcia! Die ehemals beste Freundin meiner Mutter!
Sie hatten ihr doch gemeinsam die Zauberkraft
gestohlen. Dass die sich da noch hin traut,
wahnsinnig!" „Wie kann man denn Zauberkraft
stehlen?" wunderte sich Tom. „Kraft kann man doch
nicht stehlen! Oder?" Er sah fragend zu Monia
hinüber. „Doch, doch! Kann man schon." Die beiden
Mädchen grinsten sich an. Tabea strich sorgfältig
ihr Haar zurück und schüttelte etwas den Kopf, so
dass ihr Ohrring leise klimperte. Plötzlich ging ihm
ein Licht auf! Er deutete auf die kleine Goldmünze.
„Ihr meint?" die beiden Mädchen lachten leise und
nickten. „Ja," bestätigte Tabea. „Darin wird die
Zauberkraft gespeichert. Jedes Kind einer Hexe
bekommt kurz nach der Geburt so einen Ohrring.
Ganz egal, ob sie jemals den Beruf ausüben wird.
Je größer und dicker der Ohrring wird, desto mehr
Zauberkraft ist in ihm gespeichert! Denn er wächst
im Laufe der Jahre, je nach Hexenstand und
Bildungsgrad. Und wenn eine Hexe den Ohrring
einer anderen Hexe stiehlt, kann sie die fremde

Zauberkraft der eigenen hinzufügen." Tom war skeptisch. „Und warum geht da in Hexenkreisen nicht das große Ohrringklauen los? Wäre doch viel einfacher, als sich den ganzen Kram erarbeiten zu müssen." Tabea grinste süffisant. "Das hat etwas mit Hexenehre zu tun! Davon verstehst du nichts!" Plötzlich hielt Monia ihre Freunde zurück. „Da! Die zoffen sich!" Tatsächlich! Kerry und Nick sind stehen geblieben und stritten sich heftig. Die Kinder schlichen etwas näher heran, um mitzubekommen, worum der Streit ging.

„Du bist ja wohl verrückt geworden!" Nick zeigte der Hexe einen Vogel. „Da komm ich doch nie durch! Und überhaupt, wie soll ich denn die Felsen hochkommen? Ich bin ein alter Mann, da macht man nicht mehr solche Kapriolen!" Kerry legte ihm beschwichtigend eine Hand auf die Schulter. „Nick, das ist der einzige Weg, in die Grotte zu kommen. Die Tür ist mit einem Balken gesichert. Den kann man nur von außen öffnen, wenn man den richtigen Zauberspruch kennt. Ich bin mir aber sicher, dass du ihn von innen öffnen kannst. Marcia hat sich zu ihrer eigenen Sicherheit immer ein kleines Hintertürchen offen gehalten. Ich kenne sie doch. Keine Bange! Der Rauchabzug ist groß genug. Da passt du schon durch." „Und warum machst du das nicht?" Die Hexe sah den alten Fischer erstaunt an. „Iiich? Wie stellst du dir das denn vor? Glaubst du allen Ernstes, ich kraxel da in den Klippen herum?

80

Ich bin eine Frau, du Tölpel! Und was ist, wenn ich mich verletze? Wer soll dann den Ring beschaffen? Du vielleicht? Nein, nein. Diese Aufgabe musst du schon übernehmen! Basta!" Sie stampfte entschlossen mit dem Fuß auf, das der Sand nur so auseinander stieb. „Und wenn Marcia da ist?" Die Stimme des Mannes klang besorgt. „Keine Bange, ich weiß aus zuverlässiger Quelle, dass sie in Stonehenge ist, das Sommersonnenwendefest vorzubereiten. Also, was ist nun?"

Tabea wartete die Antwort gar nicht erst ab, sondern zog ihr Freunde hastig mit sich. Im Schutz der Büsche fing sie sogar an zu laufen. Nach etlichen Metern blieb sie endlich atemlos stehen. „Ich glaube, ich weiß, was die beiden vorhaben!" stieß sie keuchend hervor. „Ich vermute, die wollen Marcias Kristallkugel klauen." Beinahe hätte sie sich an ihrem Kaugummi verschluckt. „Ich kenne ihre Höhle. War ja oft genug mit meiner Mutter da. Da gibt es einem gemauerten Rauchabzug über dem Hexenkessel. Und die einzige Möglichkeit, um in die Höhle zu kommen, wenn Marcia nicht da ist, ist anscheinend durch den Kamin zu klettern. Wir müssen vor ihnen da sein und die Kugel rausholen. Also los jetzt!" Ohne auf ihre Freunde zu warten trabte sie los.

Endlich kamen die Klippen in Sicht. Tabea übernahm die Führung. Sie manövrierte ihre Freunde durch die Dunkelheit und blieb endlich vor einer verwitterten Felswand stehen. Tabea wischte mit ihrer Hand über das Gestein und eine alte Brettertür wurde sichtbar. Sie zog an dem Hebel, der den Balken im Inneren nach oben bewegen sollte, aber der rührte sich nicht. „Tatsächlich mit einem Zauber belegt." Tabea schüttelte den Kopf, überlegte kurz und stellte sich dann parallel mit ihrer linken Schulter zum Türrahmen. Dann maß sie fünfzehn große Schritte ab, drehte sich an der Stelle, wo sie stehen geblieben war, nach links und bog einen Busch zur Seite. Sie winkte. Die Freunde liefen zu ihr. Tabea wies hinter den Strauch. „Die Stufen führen zum Kamin." Tatsächlich! Tom konnte in der Dunkelheit schemenhaft einige in den Felsen gehauenen Stufen erkennen. Er holte seine Taschenlampe heraus. Monia hinderte ihn in letzter Sekunde daran, sie einzuschalten. „Warum machst du nicht gleich ein Freudenfeuer und tanzt drum herum? Vielleicht merken dann Kerry und Nick dann auch endlich, dass wir hier sind!" Sie konnte manchmal richtig zynisch sein. Währenddessen hatte Tabea schon begonnen, den Felsen zu erklimmen. Mit ihren Katzenaugen hatte sie gar keine Probleme, sich in der dunklen Nacht zurechtzufinden. Traumwandlerisch sicher fand sie den richtigen Weg. „Manchmal ist sie mir direkt unheimlich!" raunte Tom Monia zu. „Im Vertrauen, " flüsterte die zurück, „mir auch!" und folgte vorsichtig ihrer Cousine. Tom zuckte nur mit den Schultern und schloss sich den beiden an.

Der Aufstieg war zwar ziemlich steil, aber schon nach wenigen Metern Kletterns ging der Felsen in ein, mit Sträuchern bewachsenes, Plateau über und die Freunde konnte sich etwas ausruhen. Tom bog einen Busch bei Seite und setzte sich auf einen kleinen Felsvorsprung. Er glaubte jedenfalls, es wäre ein Felsvorsprung. Doch als er sich zurücklehnen wollte, hätte beinahe das Gleichgewicht verloren. Hinter ihm gähnte ein großes schwarzes Loch. Außerdem roch es nach kaltem Rauch und war ziemlich rußig. „Ich glaub, ich habe den Kamin gefunden!" Er winkte die Mädchen herbei. Jetzt zückte Tabea doch ihre Taschenlampe. „Du willst doch nicht etwa?" Tom hob warnend die Hand! Tabea winkte ab. „Ich leuchte doch in den Kamin hinein und nicht in der Gegend herum. Wie soll denn da jemand was sehen?" Sie leuchtete in den Schacht hinein. Urplötzlich kam ihnen laut flatternd ein Geschwader aufgeschreckter Fledermäuse entgegen. Monia quiekte leise auf und hielt sich erschrocken die Hand vor den Mund, Tom war behände zur Seite gesprungen. Nur Tabea stand noch gebückt da, wirkte aber wie erstarrt. Im faden Schein ihrer Taschenlampe, die immer noch in den Kamin hinein leuchtete, sah ihr Gesicht auf einmal sehr blass aus. „Was war das denn?" presste sie krampfhaft zwischen den Zähnen hervor. „Und vor allen Dingen, ist es weg?" Langsam wandte sie sich ihren Freunden zu. Als sie die Lampe ausknipste, zitterte ihre Hand ein wenig. Benommen schüttelte sie den Kopf, dann hatte sie sich wieder im Griff. „Das waren hoffentlich alle." Tom nahm seine Lampe und leuchtete sicherheitshalber noch einmal in das schwarze Loch hinein. Diesmal blieb alles still. Der Kamin war aus rohbehauenen Felsblöcken grob gemauert und an der schmalen Seite waren einige Stahlkrampen als Leiter eingelassen. Das erleichterte die Reinigung und diente auch als Notausgang. Auf jeden Fall war der Schornstein geschickt versteckt. Er war nicht all zu hoch und durch die nahen Büsche wurde der Rauch auch schnell verwirbelt, so dass er sich in den Klippen verteilte und keine weithin sichtbare Rauchsäule entstand. Ein perfektes Versteck für eine Hexenküche.

„Wir müssen uns beeilen, bevor Nick und Kerry hier auftauchen." Tom sprang auf den Rand des Schornsteins und begann den Abstieg über die Krampen. Der Kamin war nicht sonderlich groß, aber ein Kerl, wie Old Nick würde doch schon noch hindurch passen. Monia folgte ihm, während Tabea ihnen leuchtete. Tom schob unten mit seinem Fuß einen großen eisernen Kessel bei Seite und stieg aus dem Kamin. Mit seiner Taschenlampe leuchtete er den Raum ab. Auch Monia zückte ihre Lampe. Die Hexenküche war nicht besonders groß. Teils natürliche Grotte, teils in den Stein gehauen, schien sie ihrem Zweck aber zu genügen.

Jetzt war auch Tabea zur Stelle und sie suchten gemeinsam nach der Kristallkugel. Na, ja, suchen war zuviel gesagt. Tabea entdeckte sie eigentlich ziemlich schnell, als sie das Regal über dem Alchimistentisch ableuchtete. Dort stand ein Kasten, ähnlich wie der bei Old Nick. Tabea nahm ihn herunter, stellte ihn auf den Tisch und putzte mit ihrem Taschentuch den Staub ab. Man sah schon anhand der Staubschicht, dass Marcia schon über eine Woche in England war. Sie öffnete den Kasten, nahm die Kugel heraus und betrachtete sie im Schein der Taschenlampe.

Währenddessen sah sich Tom etwas weiter in der Höhle um. An den Wänden standen lange Regale mit vielen Flaschen und Gläsern, Steinguttöpfen und anderen Behältern. Auf anderen lagen dicke Bücher und Schriftrollen. Ähnlich, wie in Meister Sebastians Hexenschule. Im hinteren Teil der Höhle stand noch ein Bett und etwas weiter hinten schien es noch eine Tür zu geben.

Auf einmal gab es einen höllischen Radau im Kamin. In einer dichten Aschewolke und einem ziemlich deftigen Fluch auf den Lippen purzelte Old Nick aus dem Kamin hervor. „Dübel ok, da kann man sich ja den Hals brechen!" Er stand auf und putze sich den Dreck von seiner Kleidung. Erst langsam begriff er, dass er von zwei Taschenlampen angestrahlt wurde. Die Kinder hatten einen fürchterlichen Schrecken bekommen, als sie den großen Mann aus dem Kamin purzeln sahen. Tabea versteckte schnell die Kugel hinter ihrem Rücken „Ja, was macht ihr Kroppzeug denn hier? Wollt ihr uns die Tour vermasseln? Na, wartet, ich wird euch..." Ein kräftiges Klopfen an der Tür hielt ihn zurück. „Was ist da drin los?" Kerries Stimme hatte schon einen leicht hysterischen Ton an sich. „Mach endlich auf, du Dösbaddel!". Der alte Fischer knurrte etwas in seinen Bart und schlurfte widerwillig zur Tür. Tatsächlich ließ sich der schwere Balken von innen problemlos öffnen. Kerry schoss herein und sah sich hektisch um. „Wir müssen uns beeilen! Es ist fünf Minuten vor zwölf. Wenn du um Mitternacht keine Kontakt mit der Kristallkugel hast, ist alles zu spät." Erst jetzt bemerkte sie, dass sie nicht allein war mit Old Nick. „Ach nee, sieh mal einer an! Meine reizende Tochter! Sogar mit Geleitschutz! Aber der wird die nichts nützen! Dafür sorge ich schon!" Mit einem Fingerschnipp brachte sie alle Fackeln in der Höhle zum Brennen. Sofort sah sie den leeren Kasten auf dem Tisch stehen. „Wer von euch hat die Kugel? Raus mit der Sprache! Wer?" Ihre Stimme zitterte vor Wut. „Soll ich mal fragen?" Old Nick rollte drohend seine Hemdsärmel hoch. Die Kinder wichen zurück.

Tabea überlegte verzweifelt, wie sie die Kugel loswerden könnte. Sie stieß beim Zurückweichen gegen einen großen Tisch, der in der Ecke stand und auf dem etliche Retorten und Glaskolben standen. Mit der Hand ertastete sie, dass der Tisch unter der Platte mit einem ziemlich breiten, umlaufenden Holzbrett verstärkt war. Ihr kam eine Idee! Sie kaute hastig ihren Kaugummi durch. Unauffällig nahm sie die klebrige Kugel aus dem Mund und drapierte hinter ihrem Rücken die weiche Masse auf der Kugel. Dann schob sie die unauffällig hinter das Brett und klebte sie von unten gegen die Tischplatte. Gerade rechtzeitig! Der alte Nick hatte schon Tom gepackt und durchsuchte ihn. Kerry hatte Monia beim Arm genommen und drehte sie hin und her. Dann griff sie sich Tabea! „Wo habt ihr die Kugel versteckt? Raus mit der Sprache! Wo?" Ihre Stimme überschlug sich fast vor Zorn. Tabea streckte triumphierend beide Arme aus und drehte sich im Kreise. „Ich hab sie nicht! Oder siehst du sie irgendwo?" Sie lachte ihrer Mutter frech ins Gesicht. Dabei schickte sie ein Stoßgebet gen Himmel, dass das Kaugummi die Kristallkugel mindestens solange hält, bis der zwölfte Gongschlag zur Mitternacht vorüber ist. „Lass mich das mal machen!" Nick griff sich eine Fackel aus der Wandhalterung und schob Kerry zur Seite. „So, du kleine Kröte! Jetzt sagst du

mir sofort, wo die Kugel ist. Oder willst du damit Bekanntschaft machen?" Er stieß Tabea die Fackel fast in Gesicht. „Wird`s bald?" Das Feuer kam bedrohlich nahe. Tabea sah, wie das Pech in der in der Flamme der Fackel zischte und kochte. Die schwarze Masse brodelte auf dem Holzschaft und das Mädchen konnte sich lebhaft vorstellen, wie schmerzhaft das wäre, wenn das klebrige Zeug mit ihrer Haut in Kontakt käme. Ihre Wangenknochen wurden schon unangenehm heiß von der Flamme der Fackel. Der durchdringende Teergeruch stach ihr in der Nase. Immer näher kam Old Nick mit der Flamme. Schon biss die Hitze in ihr Gesicht und sie spürte, wie ihre Augenbrauen durch das Feuer zu knistern begannen. Der penetrante Geruch von verbranntem Haar machte sich im Raume breit. Plötzlich begann die Regulatoruhr auf dem Regal neben dem Bett zu schnarren. Das Läutwerk für den Glockenschlag setzte sich in Gang! Eins!.... Kerry und Old Nick drehten sich erschrocken um und starrten auf die Uhr! Wenn der Fischer jetzt nicht bis zum zwölften Schlag mit der Kristallkugel Kontakt aufnimmt, würde er vier Wochen warten müssen bis zum nächsten Vollmond.
Zwei!...... Die Gelegenheit war günstig! „Raus hier!" rief Tabea ihren Freunden zu, duckte sich unter der Fackel hinweg und sprintete zur Tür hinaus, die Kerry offen gelassen hatte. „Tabea!" schrie Kerry wütend. „Tabea! Wo ist die verdammte Kugel?

Wo?" Sie lief ihrer Tochter hinterher. Doch die war schon längst in der Nacht verschwunden.

Plötzlich durchdrang ein animalischer Schrei die Stille. Kerry fuhr herum! Was war los in der Grotte? Sie stürmte zurück in die Hexenküche, gerade noch rechtzeitig, um Tom und Monia an der Flucht zu hindern. Nicodemus wälzte sich auf dem Boden hin und her. Er stöhnte zum Gotterbarmen und hielt sich wimmernd sein verbranntes Gesicht. Was war geschehen? Monia hatte die günstige Gelegenheit sofort erkannt! Tabea auf der Flucht, Kerry draußen vor der Tür, sie beide mit Nick allein hier in der Höhle. Wenn das keine Chance war, abzuhauen! Sie griff in einen Tontopf mit der Aufschrift „Hexenmehl", der neben ihr auf dem Tisch stand, nahm eine ordentliche Handvoll davon und schleuderte sie Old Nick entgegen. Es gab eine gewaltige Stichflamme, als das Pulver sich an der Fackel entzündete! Der alte Seemann schrie gellend auf, ließ die Fackel fallen und griff sich in den brennenden Bart. Er lief schreiend durch die Hexenküche und schlug sich immer wieder mit beiden Händen ins Gesicht, dass die Funken nur so stoben. Auf dem Spülstein entdeckte er eine Karaffe mit Wasser. Zumindest glaubte er, es wäre Wasser! Er torkelte drauf zu, griff sich das Gefäß und goss sich mit Schwung die Flüssigkeit über den Kopf, in der Hoffnung, den Schwelbrand in seinem Bart zu löschen und gleichzeitig etwas Linderung zu erfahren. Das Gegenteil war der Fall! Ein zweiter, noch lauterer Schrei empfing Kerry, als sie in die Höhle stürmte. Gleichzeitig machte sich der durchdringende Geruch von Weinessig in der Höhle breit. Old Nick warf sich zu Boden, wälzte sich noch ein paar Mal hin und her und blieb dann nach einigen Zuckungen reglos liegen. Sein Bart qualmte noch und der Essig aus der Karaffe versickerte allmählich im festgestampften Lehmboden der Höhle.

Dong! Der letzte Glockenschlag verhallte. Kerry schob langsam die Tür hinter sich zu, lehnte sich erschöpft dagegen, schloss die Augen und atmete tief durch. Tom und Monia sahen sich an. In die Stille hinein machte es auf einmal „Plop" Die Kristallkugel hatte sich durch ihr Eigengewicht langsam von dem Kaugummi gelöst und kullerte nun, wie zum Hohn, quer durch die Hexenküche, direkt vor Kerries Füße. Die öffnete müde die Augen und sah die Kugel. Mit leerem Blick schaute sie auf das Objekt ihrer zerstörten Hoffnungen, dann beugte sie sich vor, stütze ihre Hände auf die Knie und ihre Schultern begannen langsam zu zucken. Die beiden Kinder sahen sich an. „Weint sie?" flüsterte Monia. Tom zuckte nur mit den Schultern. Er wusste ja auch nichts Die langen roten Haare verdeckten doch Kerries Gesicht.

Immer heftiger bebte ihr Oberkörper. Monia wollte gerade zu ihr hinüber gehen, um sie zu trösten, als die sich plötzlich aufrichtete, den Kopf in den Nacken warf und die Arme zur Seite streckte. Von ganz unten, quasi aus dem Bauch heraus, hörten sie, wie ein Glucksen versuchte, sich ganz tief aus dem Inneren der Hexe einen Weg nach draußen zu bahnen. Aus dem Glucksen wurde ein Giggern, aus dem Giggern ein Gackern und letztendlich stand Kerry da, brüllte vor Lachen und schlug sich vor Vergnügen auf die Oberschenkel. Aber es war kein fröhliches Lachen! Es war ein böses, ein unangenehmes, ein angsteinflößendes, gemeines Lachen, voll angefüllt von Hass und Wut. Auf dem Höhepunkt ihres Anfalls ballte Kerry ihre Fäuste, streckte sie gen Himmel und entließ aus ihrer tiefster Brust einen markerschütternden, hasserfüllten Schrei: „Oh, nein! Ihr kriegt mich nicht klein! Ihr nicht! Jetzt erst recht!" Dann herrschte eine bedrohliche Stille in der Grotte. Kerry richtete sich die Haare, stieg über den ramponierten Nick hinweg und stellte sich breitbeinig vor die Kinder. „So, meine Täubchen! Ich habe eine Überraschung für euch! Ferien auf der Isla Margerita! Ist das nicht toll? Es gibt Leute, die bezahlen viel Geld dafür. Und ihr bekommt das alles umsonst hier! Klasse, nicht? Ihr seid meine Gäste! Ihr werdet es mir nachsehen, dass die Unterkunft nicht ganz so komfortabel ist, wie das Hilton, aber dafür gibt es auch keinen Zimmerservice." Ihr Blick wurde böse und ihre Stimme leise. Sie wies auf die Tür im hinteren Teil der Höhle. „Ab! Nach hinten! Sofort! Ihr bleibt da solange drinnen, bis ich den Ring habe!" Der Ton ihrer Stimme ließ keine Widerworte zu. Tom tat, wie geheißen, zog Monia mit sich und öffnete die Tür im hinteren Bereich der Höhle. Vor ihm lag eine fensterlose Rumpelkammer. Das ließ schon der Teil des Raumes erahnen, den er einsehen konnte bei der spärlichen Fackelbeleuchtung.

Kerry versuchte währenddessen Old Nick wieder auf die Beine zu kriegen. Auf ihre eigene, wenig liebevolle Art. Sie trat ihm kurzerhand ein paar Mal ziemlich unsanft in die Rippen. „Steh auf, du fauler Sack! Du kannst dich wo anders ausruhen! Wir haben zu tun!" Nick stöhnte auf, als Kerry seine Seite mit ihrer Stiefelspitze malträtierte. Doch wie sah der ehedem so stolze Seebär jetzt aus? Die grauen Haare versengt. Von dem prächtigen Vollbart, eine Zierde für jeden Fahrensmann, sind lediglich ein paar verkohlte Stoppeln übrig geblieben. Das ganze Gesicht rot und geschwollen. Aber das Markanteste an ihm war jetzt der angeschwollene, knallrote Gesichtserker, der nun wie eine rote Verkehrsampel mitten in sein geschundenes Gesicht prangte. Rudolf, the rednose Rendeer wäre neidisch geworden. „Ausruhen?"

stöhnte er. Schwerfällig erhob sich der große Mann. „Ausruhen? Glaubst du wirklich, ich würde mich da unten ausruhen? Hast du überhaupt gesehen, was deine fiese Monsternichte mir angetan hat? Hast du das gesehen?" Old Nick deutete mit seinem Zeigefinger auf sein zerschundenes Antlitz. „Ach was, das werden wir schon gleich haben!" Kerry drängte den Seemann zur Seite. Ihr Zeigefinger wanderte durch die Luft, als sie die Aufschriften der Töpfe und Näpfe studierte, die fein säuberlich auf dem Regal über dem Arbeitstisch standen. „Da! Calendula officinalis! Die ist richtig!" Kerries Hand tauchte tief in den Tiegel ein, kam mit einem mächtigen Klacks Salbe wieder zum Vorschein und schmierte es dem alten Nick direkt ins Gesicht. Der spuckte und prustete, hatte sein Mund doch gleich einen gehörigen Teil von der Creme abgekriegt. „Stell dich nicht so an! Das ist Ringelblumensalbe. Die hilft! So, und jetzt, da du kuriert bist, kerkere die beiden da hinten ein. Und wehe, du lässt sie entwischen! Sperr sie ein, schließ die Tür ab und setz dich davor. Und nimm ihnen die Taschenlampen ab. Nachher machen sie noch Blödsinn damit. Sollen sie ruhig eine Weile im Dunkeln schmoren! Als Strafe, weil sie so viel Schaden angerichtet haben. Schaden, der vielleicht gar nicht mehr gut zu machen ist! Ich sehe inzwischen einmal nach, ob ich noch eine Spur von meiner missratenen Tochter finde!" Old Nick sah

Kerry grimmig an, tat am Ende aber doch, was sie ihm befohlen hatte. Er nahm er sich eine Fackel aus einer der Halterungen, während er sich mit der linken Hand die Salbe in die Gesichtshaut einmassierte, und ging auf die Kinder zu, die immer noch vor der Rumpelkammer standen. Misstrauisch hielt er Abstand zu Monia. „Mit dir rechne ich auch noch ab! Wart nur, du Teufelsgöre! Mein Tag kommt noch! Krrrrrrk!" Er machte eine Handbewegung, als wenn er ihr die Kehle durchschneiden wolle. Monia machte nur schnippisch „Pö!" und ließ den alten Mann stehen. Aber als sie und Tom in der Rumpelkammer standen und Old Nick den Raum mit der Fackel ausleuchtete, war ihr gar nicht mehr so schnippisch zu Mute. Der ganze Raum war vollgestellt mit altem Krimskrams. Ein altes Spinnrad lag neben einem zerbrochenen Schaukelstuhl. Eine Zinkwanne ohne Boden hing an der Wand neben einer alten Feuerspritze. Ein Regal, vollgestopft mit Relikten aus vergangenen Zeiten. Kisten und Kästen mit allen möglichen und unmöglichen Krams. Und hinten in der Ecke ein altes Chaiselongue. Old Nick deutete, dass sich die beiden gefälligst auf das marode Möbelstück zu setzen hatten. „Und wenn ihr Theater macht oder sonstigen Blödsinn, komm ich rein und misch mit! Und dann wird es besonders feierlich! Das kann ich euch jetzt schon versprechen! Garantiert, sogar! Also, ab jetzt keinen

Mucks mehr! Verstanden? Und nun her mit den Taschenlampen! Und zwar plötzlich!" Nick streckte fordernd die Hand aus. Schweren Herzens trennten sich die Kinder von ihren Lampen. Als Nick die Tür schloss, sah Monia noch im letzten Schein der Fackel, dass im Regal neben ihr ein Stapel alter Decken lag. Schnell griff sie sich ein paar davon, bevor es endgültig dunkel wurde. „Hier! Für dich!" Sie stupste Tom an und zog sich ihre Decke über die Beine. „Und was nun?" Tom gab keine Antwort. Er wusste selbst nicht, wie es weiter gehen sollte. Sie schwiegen. Tom merkte im Dunkeln, wie Monia trotz ihrer Decke nun doch ein wenig zitterte. Es war wohl mehr die Anspannung, als die Temperaturen in ihrem fensterlosen Verließ. Schüchtern zog er sie zu sich unter seine Decke und legte beschützend seinen Arm um ihre Schulter. Monia kuschelte sich eng an ihren mutigen Nachbarn. Froh, nicht allein in dieser Grotte gefangen zu sein.

Tabea rannte durch die Tür und schlug sofort einen Haken nach links. Mit wenigen Schritten war sie an der Stelle, wo sie vorhin in die Klippen eingestiegen sind. Jetzt kam ihr ihre Nachtsichtigkeit zugute. Zum Glück hatten weder ihre Mutter Kerry, noch ihre Tante Ruth diese Gabe von ihrer Mutter ererbt. Deshalb konnte sie sicher sein, dass ihr Kerry nicht so schnell folgen würde. „Manchmal überspringen Merkmale und Talente gerne mal eine Generation", hatte ihr ihre Großmutter irgendwann mal erklärt. Auch sie konnte nachts hervorragend sehen. Von ihr hat Tabea auch den ausgezeichneten Geruchssinn, der ihr schon so manches Mal zugutegekommen ist. Jetzt aber verließ sich Tabea auf ihre Nachtsichtigkeit. Sie kletterte erst einmal auf das Dach der Hexenküche. Durch den offenen Kamin belauschte sie, wie ihre Mutter ihre beiden Freunde weggeschlossen hatte und sich nun auf die Suche nach ihr machen wollte. Tabea musste handeln. Sie wusste nun, wie lange Kerry die beiden gefangen halten wollte. Vielleicht wollte sie sogar die Herausgabe des Ringes damit erpressen. Wieselflink kraxelte sie über die zerklüfteten Klippen. Schon bald erreichte sie auf der anderen Seite der Felsen den Strand. Hier konnte sie sicher sein, dass ihre Mutter ihr nicht folgen würde. Sie lief los. Schon bald verfiel Tabea in den Wolfstrab. So konnte sie stundenlang laufen, ohne zu ermüden. Sie musste jetzt schnell Mama Ro Bescheid sagen, das Kerry Tom und Monia gefangen hält. Unterwegs mahlte sie sich aus, wie die beiden in der dunklen Höhle dahinschmachteten und sie verschärfte unweigerlich das Tempo. Ihr wurde ganz schlecht bei dem Gedanken, was der alte Nick den beiden alles antun würde, wenn Kerry es ihm befahl. Tabea setzte zum Endspurt an, als Mama Ro`s Hütte in Sicht kam. „Mama Ro! Mama Ro!" rief sie schon von weitem. „Mach auf! Kerry hält Tom und Monia gefangen!" Mama Ro stand schon in der Tür, als Tabea atemlos den Laden erreichte. „Wir müssen sofort nach England, Marcia abholen." beschloss die Schamanin, nachdem Tabea ihr berichtet hatte, was geschehen war. „"Das ist ihre Küche und nur sie kann Kerry dafür bestrafen!" „Aber wir müssen jetzt was unternehmen. Das dauert doch eine Ewigkeit, bis wir in England sind!" Tabea war den Tränen nahe. Mama Ro lächelte verzeihend. „Anscheinend hast du noch nicht gelernt, in Hexenkategorien zu denken. Komm einfach mit!" Mama Ro steuerte den Nebenraum an, in der sich die Hexentür befand. Die Schamanin öffnete sie und betrat den Gang mit den vielen Türen. „Müssen wir die jetzt alle abklappern?" fragte Tabea ängstlich. „Das dauert doch Jahre!" „Sieh einfach nur zu und lerne! Du wirst später auch auf diese Weise reisen!" Mama Ro legte einfach nur zwei Finger an den Rahmen der vor ihr liegenden Tür, gab ihr einen Schubs nach links und sagte: „Stonehenge!" Die Türen rotierten, wie auf einem gigantischen Karussell, und nach wenigen Augenblicken blieb eine Tür mit der Aufschrift „Stonehenge" vor ihnen stehen. Mama Ro nahm Tabea bei der Hand und sie gingen hindurch. Auch hier wieder die kurze Reise durch Zeit und Raum und dem Funkenregen. Durch eine Hexentür in einem der Pfeilersteine in Stonehenge betraten sie das Geschehen. Dutzende von Hexen waren in einem bunten Treiben damit beschäftigt, das Sonnenwendfest vorzubereiten. Mama Ro hielt eine der vorübereilenden Hexen am Ärmel fest. „Weißt du, wo Marcia ist? Marcia von der Isla Margerita?" „Die rote Marcia?" lachte die Hexe. „Geh immer dem Geschrei nach!" Nun waren sie auch nicht viel klüger. Tabea übernahm jetzt die Initiative. „Da hinten wird gesungen und getanzt. Vielleicht meinte sie das." Sie zog Mama Ro in die Richtung, aus der die Musik kam. Um einen großen Bottich herum tanzte eine johlende Menge und schien sich köstlich zu amüsieren. Im Hintergrund fiedelte eine bunte Schar Musikanten eine fremdländische Musik und mitten in diesem riesigen Bottich tanzte im Schein der Fackeln eine Hexe einen wilden, atemberaubenden Tanz. Sie tanzte barfuß in diesem Behälter. Barfuß in einem Meer von roten Trauben und Beeren, um sie zu zerquetschen. Aus dem Most wird dann ein köstlicher Wein gekeltert, den es in dieser Zusammensetzung nur zur Sommersonnenwende gibt. Durch ein Loch in der Seitenwand der Holzwanne floss ein satter Strahl des roten Mostes in bereitgestellte Tröge. „Hätt ich mir ja denken können!" lachte Mama Ro. „Wo Wein gekeltert wird, ist die rote Marcia nicht weit!" Die hatte schon längst ihre Hexenkollegin erkannt und winkte ihr lachend zu. „Mama Ro?" rief sie. „Du hier in England? Wie kommt es?" Mama Ro versuchte den Lärm und die Musik zu übertönen. „Wir müssen dich dringend sprechen! Es ist wichtig! Kannst du dich ablösen lassen?" Marcia nickte und gab einer jungen Hexe ein Zeichen, für sie weiter zu tanzen. Dann entstieg sie dem Traubenbad. „Was gibt es denn so dringendes, das ihr mich bei meiner liebsten Beschäftigung stört?" fragte sie, während sie sich das Kopftuch abband. Die „rote Marcia"! Man könnte meinen, dass der Traubensaft, der ihre Kleidung durchtränkt hatte und sogar bis in ihr Gesicht gespritzt war, die Ursache für den Beinamen „Die Rote" gewesen sein könnte. Weit gefehlt. Als Marcia das Kopftuch löste und ihre schulterlangen Haare darunter hervorquollen, wusste Tabea, woher der Name stammt. Selbst für eine Hexe waren ihre Haare extrem feurig rot. Tabea fiel auch gleich die ziemlich große Goldmünze auf, die Marcias Ohr zierte. Sie war demnach eine Hexe mit viel Macht. Aber trotzdem verspürte Tabea keine Angst vor ihr. Im Gegenteil. Ihr lustige Art und die vergnügt blitzenden Augen gefielen ihr und flößten ihr Vertrauen ein. Mama Ro klärte Marcia kurz über das Geschehene auf. Die die schüttelte verständnislos ihren Kopf und schnaubte wütend. „Kerry mal wieder! Immer wieder diese Kerry! Die bessert sich wohl nie. Na, der werden wir jetzt mal ganz gehörig auf die Finger klopfen!" Sie stürmte los Richtung Hexentür, blieb aber nach ein paar Schritten wieder stehen. Sie sah an sich herab und lachte. „Nein! So kann ich nun wirklich nicht reisen. Sonst glauben die Leute noch, ich hätte mindestens zwanzig Ochsen geschlachtet. Moment mal!" Marcia hob ihren Arm über den Kopf, wies mit dem Zeigefinger nach unten und sprach: „Brix! Eine Sekunde später stand sie in tadellos sauberer Kleidung vor ihnen. Sie langte kurz noch in ihre Rocktasche, zog eine Brosche in Form eines Hexenbesens hervor, steckte sie sich an die Bluse und klatschte in die Hände: „Jetzt kann es losgehen!" Ihre Augen blitzten unternehmungslustig.

In Mama Ro`s Küche hielten sie Lagebesprechung. Eigentlich gab es ja nicht viel zu berichten. Tom und Monia waren in der kleinen Kammer eingesperrt und Old Nick bewachte sie. Ob Kerry schon von der Suche nach Tabea zurück war und ob sich die beiden überhaupt noch in Marcias Hexenküche aufhielten, stand in den Sternen.
„Ach was!" Marcia stand auf. „Wir fliegen jetzt hin und holen die Kinder da raus! Basta!" Sie nahm die Brosche ab von ihrer Brust, schnippte kurz mit dem Finger und schon schwebte ein stattlicher Hexenbesen vor ihnen. „Mama Ro bleibt am besten hier und passt auf, dass die beiden nicht durch die Hexentür entwischen. Und Tabea kommt mit mir. Damit sich deine Freunde nicht allzu sehr erschrecken, wenn da auf einmal so eine olle Hexe auf einem Besen auftaucht!" Marcia lachte unternehmungslustig auf und setze sich auf ihren

Besen. Tabea nahm hinter ihr Platz und ab ging die Reise. Schon nach kurzer Zeit kamen die Klippen in Sicht. Marcia drosselte die Geschwindigkeit und überblickte erst einmal die Lage. Es war alles ruhig. Keine Anzeichen, ob sich noch jemand in der Hexenküche aufhielt. Der Felsen lag friedlich im fahlen Mondlicht. Marcia streckte die Hand aus und sagte „Brix"! Ein Funke entsprang ihrem Zeigefinger, schoss durch die Luft und zersprang an der Felswand der Hexenküche. Im selben Augenblick wurde die Tür sichtbar und schimmerte in einem bläulichen Licht. „So, die ist schon mal zu. Wenn die beiden noch da drinnen sind, können sie da jetzt nicht mehr raus. Nur noch durch den Schornstein. Aber durch den kommen wir jetzt! Auf geht`s!" Marcia flog eine rasante Kurve und hielt über dem Dach der Küche, wo sich der Rauchfang befand. „Jetzt können sich die beiden aber warm anziehen. Pass gut auf!" Sie hob die Hand und sprach abermals „Brix". Im selben Moment schrumpften sie mit samt Besen auf Spielzeuggröße zusammen. Die Hexe gab dem Besen die Sporen und schon rasten sie im Sturzflug durch den pechschwarzen Schlund des Kamins. Mit einem gewaltigen Lichtblitz landeten sie in voller Größe mitten in der Hexenküche. Kerry sprang erschrocken auf. Sie hatte am Tisch gesessen und Marcias Hexenbücher studiert. Old Nick saß noch immer vor der Kammertür, hinter der Monia und

Tom gefangen gehalten wurden. Verschlafen rieb er sich die Augen. „Was`n los? Was soll denn der Radau?" „Was der Radau soll?" Marcias Stimmte dröhnte wie Donnerhall. „Was der Radau soll? Das kann ich dir genau sagen, mein lieber Nicodemus. Das sind die Trompeten des Jüngsten Gerichts, das jetzt über euch kommen wird!" Sie stellte sich breitbeinig vor die beiden Missetäter und ein goldenes Funkeln umgab ihren Körper. „Was fällt euch ein, ungefragt mein Hexenreich zu betreten. Was fällt euch ein, eins der fundamentalsten Hexengesetzte zu brechen, die es gibt? Habt ihr denn gar kein Ehrgefühlmehr im Leib? Seid ihr schon so weit gesunken, dass euch gar nichts mehr heilig ist?" Kerry stotterte erschrocken: „Wir wollten doch nur..., äh, ich meine..., wir haben doch nur..." Marcia hob gebieterisch die Hand. „Schweig, bevor dir deine Lügen im Halse stecken bleiben. Ich weiß Bescheid. Tabea hat mir bereits über alles berichtet." Kerry funkelte ihre Tochter wütend an. „Wir sprechen uns noch, mein Fräulein! Wir sprechen uns noch!" Marcia schleuderte eine blaue Feuerkugel nach ihr. „Lass das Mädchen in Ruhe! Die steht unter meinem Schutz. Klar? Und jetzt macht die Tür da auf, und zwar plötzlich!" Sie wies mit der Hand auf die Kammertür hinter Old Nick. Tom und Monia hatten in der Zwischenzeit schon mitbekommen, dass sich in der Hexenküche etwas tat und hämmerten mit den Fäusten gegen die alte

Eichentür. Kerry gab Old Nick einen Wink und der öffnete mürrisch das Verließ. Unbeholfen tappten die beiden aus ihrem Gefängnis und blinzelten in das ungewohnte Licht. Tabea lief zu ihren Freunden hinüber. Marcia deutete Kerry und Nick, vorzutreten. „So. ihr beiden Herzchen! Ihr wisst, dass euer Handeln Konsequenzen nach sich ziehen wird. Ich werde euch dem obersten Hexenrat melden. Sollen die doch entscheiden, was mit euch zu tun ist! Ich habe wichtigeres zu tun, als mich mit Leuten, wie euch, herumzuplagen. Verschwindet jetzt! Aber schnell!" Mit einem „Brix" nahm sie den Sperrzauber von der Tür und die beiden Übeltäter sahen zu, dass sie schleunigst aus Marcias Machtbereich verschwanden. „So, das wäre also auch geschafft. Weiteren Schaden haben die beiden hier ja nicht angerichtet." Die Hexe sah sich in der Küche um. „Und was mach ich mit euch? Alle vier passen wir aber nicht auf meinen Besen." Monia winkte ab. „Ich glaube, uns tut jetzt ein langer Spaziergang ganz gut, nach dieser Nacht in dem muffigen Verschlag. Du musst für uns jetzt nicht auch noch den Shuttledienst für uns machen. Es reicht schon, dass du uns da raus geboxt hast. Danke für die Rettung überhaupt. Wer weiß, wie lange uns Kerry da hätte im Dunkeln noch schmoren lassen." Marcia nickte zufrieden. Aber bevor sie sich wieder auf den Weg nach England machte, belegte sie sicherheitshalber auch den

Rauchfang mit einem Sperrzauber. Dann sicherte sie sorgfältig die Tür und stieg auf ihren Besen. „Wenn ihr mal wieder Hilfe braucht, ihr wisst ja, wo ihr mich finden könnt!" Sie winkte kurz, schnipste mit ihrem Finger und war in Nullkommanichts hinter den Felsen verschwunden. Und unser Trio trat in der aufgehenden Sonne müde den Heimweg an.

## 7. Die geheime Wohnung

Es war schon fast Mittag, als die drei sich erhoben. Der Duft von Kakao und frischen Croissants kitzelte sie in der Nase und sie setzten sich verschlafen, aber mit einem Bärenhunger, an den Esstisch. Mama Ro lief geschäftig in der kleinen Kochecke hin und her. „Greift nur tüchtig zu, ich hab schon gefrühstückt. Ich mache jetzt das Mittagessen. Ihr sollt ja schließlich nicht hungrig nach Hamburg zurückgehen!" Nach Hamburg! Ja, na klar! Sie mussten heute ja zurück nach Hause. Normalerweise hätten sie ja noch einen Tag bleiben können, schließlich hatten sie ja noch den Pfingstmontag frei. Aber die Tatsache, dass Kerry schon vor fast sechs Stunden abgereist war, machte sie doch etwas unruhig. Wer weiß, was sie in Hamburg noch alles anstellte, um an den Ring zu kommen. Andererseits gefiel es ihnen hier in der Karibik und bei Mama Ro. Die Kinder räumten den Tisch ab und setzten sich dann vor die Tür. „Wie geht es jetzt weiter?" Plop! Tabea ließ nach ihrer Frage wieder eine Kaugummiblase platzen. „Keine Ahnung", stellte Monia fest. „Viel gebracht hat es hier ja nicht." „Moment mal", rief Tom. „Immerhin haben wir erfolgreich verhindert, dass Kerry wichtige Informationen erhält. Wenn das nichts ist?" „Aber durch die ganze Aktion sind wir kein Stück weiter gekommen mit unserer Suche nach dem

Ring." entgegnete Monia. „Kerry aber auch nicht!"
lachte Tom und stand auf. „Ich seh schon, das
bringt alles nichts. Wir sollten mit der Diskussion
warten, bis wir wieder in Hamburg sind. Vielleicht
weiß Monias Mutter inzwischen näheres über den
Ring. Aber vor dem Mittagessen..." er ließ eine
kleine Pause, „können wir noch einmal schwimmen
gehen!" Er lief in die Hütte, um sich umzuziehen
und bald darauf tobten die drei in den warmen
Wellen des Atlantiks.

Es war ein kurzer Abschied. Nach einem leckeren
späten Mittagessen brachte sie Mama Ro zur
Hexentür, umarmte die drei noch einmal herzlich
und schon ging die Reise los. Sekunden später
standen sie wieder im Keller in Hamburg. Tom ging
erst einmal in seine Wohnung. Er lauschte an der
Zimmertür seiner Mutter und ihre ruhigen Atemzüge
verrieten ihm, dass sie noch selig schlief. In der
Küche stand ein Teller mit kalten Frikadellen und
einem Zettel von seiner Mutter. „Lasst es euch
schmecken! Wir sehen uns morgen! Viel Spaß mit
den Mädels! Kuss! Mama." Tom nahm den Teller
und verließ leise die Wohnung. Er war zwar noch
pappsatt, wollte aber seine Mutter nicht
enttäuschen. War sie doch immer so stolz auf ihre
Frikadellen. Er klopfte leise an Monias
Wohnungstür. Die öffnete sich geräuschlos, wie von
Geisterhand. Doch es war nur Tabea, die die Tür so

leise geöffnet hatte. Sie war gerade zufällig auf den Weg in die Küche, als Tom klopfte. Es machte ihr immer wieder Spaß, andere Leute zu foppen. „Auch ne Limo?" Tom nickte zur Antwort. „Geh schon mal ins Wohnzimmer! Wir halten gerade Kriegsrat!" Monia hockte in einem Sessel. Ihre Mutter saß am Esstisch vor etlichen Papieren und Tom beschloss, es sich in dem anderen Sessel bequem zu machen. Den Teller mit den Frikadellen stellte er auf den Esstisch. Ruth machte etwas Platz, kam doch Tabea auch gerade mit einem Tablett mit Gläsern und einer großen Flasche Brause herein. Frau Magus stöberte in den Papieren. „Suchst du etwas bestimmtes?" fragte Tabea sie, als sie die Getränke einschenkte. „Jein" bekam sie zur Antwort. „Ich hoffe, dass ich irgendwie einen Hinweis über das Haus finde in diesen Papieren. Aber bis jetzt, nichts! Nur, dass es neunzehnhundertzwölf gebaut wurde. Mehr nicht." „Wer was zu trinken haben will, soll es sich nehmen!" verkündete Tabea, griff sich ein Glas und hockte sich im Schneidersitz auf das Sofa. Tom erhob sich, um für sich und Monia ein Glas zu holen. Da fiel sein Blick auf eine vergilbte Bauzeichnung. „Darf ich mir die mal ansehen, Frau Magus?" Monias Mutter blickte kurz hoch." Ja, natürlich. Aber du kannst ruhig du und Ruth zu mir sagen. Schließlich sind wir ja eine eingeschworenen Gemeinschaft." Tom nickte nur verlegen und wurde ein klein wenig rot. Ein Erwachsener hatte ihm bis jetzt noch nie das Du angeboten. Darauf war er jetzt mächtig stolz. „Ist Aurelia denn ihr, Entschuldigung, dein Hexenname, oder warum hat dich Meister Sebastian so genannt?" „Ganz recht! Aber nenn mich bitte nicht in der Öffentlichkeit so. Bleib lieber bei Ruth. Dann kannst du dich nicht verplappern." Tom nickte und griff sich den Bauplan. Er legte sich bäuchlings auf den Teppich und entfaltete das Papier. Monia und Tabea knieten sich rechts und links neben ihn. Der Plan zeigte alle Wohnungen im Haus, den Dachboden und den Keller. Origineller Weise waren die Toiletten noch auf halber Treppenhöhe eingezeichnet. Jeder Mieter musste damals den „Abort", wie es im Plan noch hieß, mit einem Nachbarn teilen. Aber nach dem zweiten Weltkrieg wurde das Haus renoviert und jede Wohnung bekam ihre eigene Toilette. Richtige Badezimmer sind auch erst viel später eingebaut worden. Die Kinder betrachteten sich den Plan genau. In verschnörkelter Schrift waren die Stockwerke benannt, die Kommentare und Anmerkungen. Das vergilbte Papier strömte den Geruch der vergangenen hundert Jahre aus. Eine kleine olfaktorische Zeitreise für die Betrachter. Monia fuhr mit dem Finger über die Zeichnung des Dachgeschosses. „Da stimmt irgendwas nicht." Sie überlegte. „Als ich die alten Sachen auf den Dachboden gebracht habe, bin ich nach rechts gegangen, wo die Verschläge sind. Da!" Sie tippte auf den Bauplan. „Aber da", sie tippte auf die linke Seite des Dachgeschosses, „da ist eine Wohnung eingezeichnet." Richtig. Die linke Seite war eindeutig als Wohnung ausgewiesen. „Aber ich hab nur eine Wand gesehen. Eine große, grüne Wand. Irre ich mich, oder muss eine Wohnung nicht eine Tür haben? Hier ist sie noch eingezeichnet." Sie tippte heftig auf die Zeichnung. „Wo ist also die Wohnung abgeblieben? Können Wohnungen verschwinden?" „Im Prinzip nicht, Hexenwohnungen schon", mischte sich Ruth ein. „Na, ja, ich war aber nach meinem Auszug nicht mehr oben. Meine Mutter hatte dort ihre Wohnung und ihre Hexenküche. Warum die jetzt nicht mehr zu sehen ist, kann ich nur vermuten." Sie stippte sich mit dem Zeigefinger an die Stirn. „Ich habe da einen Verdacht! Wir können ja mal hoch gehen und uns die Sache ansehen", schlug sie vor. „Kann ja nicht schaden!" Monia sprang auf und sah die anderen unternehmungslustig an. „Na, worauf wartet ich noch, ihr trüben Tassen? Hoch mit den alten Knochen!" Sie klatschte in die Hände und scheuchte die ganze Gesellschaft hoch.

Tatsächlich! Wo sich laut Bauplan des Hauses eindeutig eine Wohnungstür befand, war jetzt nur eine ebene, lindgrün gestrichene Wand zu sehen. Ruth begann, diese Wand genauer zu untersuchen. Auch die beiden Mädchen strichen mit ihren

Händen über den rauen Putz, als wenn sie noch etwas von der ehemaligen Tür ertasten könnten. Tom interessierte sich mehr für das Hamburger Wappen über dem Lichtschalter der gegenüberliegenden Wand. Irgendwie hatte er das Gefühl, dass diese Stuckarbeit etwas mit ihrem Geheimnis zu tun hatte. Plötzlich stieß Ruth einen kurzen Schrei aus. „Wusst ich`s doch!" Ihre rechte Hand war in der Wand verschwunden. Tabea und Monia sahen sich an. Sie hörten, wie Ruth an einer Türklinke rüttelte, konnten es aber nicht sehen. „Hier ist eine geheime Hexentür. Meine Mutter hat wohl noch nach ihrem Umzug ihre alte Wohnung durch eine verborgene Hexentür abgesichert. Typisch Mama!" sprach`s, drehte sich um und verschwand nun halb in der Wand. Tom starrte wie gebannt auf den Fleck, wo jetzt eine erwachsene Frau unbeschadet halb in einer steinernen Mauer steht, ohne sich auch nur im Geringsten zu verletzen. Dann hörten sie Ruth hantieren, kurz darauf das Geräusch eines sich drehenden Schlüssels und Ruth verschwand vollends in der Wand. Nach kurzer Zeit erschien ihre Hand und der Unterarm wieder und winkte ihnen mit dem Zeigefinger, ihr zu folgen. Tabea lief gleich los. Nur Monia nahm sich noch Zeit, kurz „Tom" zu rufen, bevor sie ihrer Cousine hinterher ging. Der riss sich aus seiner Verwunderung und spurtete los. „Wartet auf mich!" Doch als er gegen die Wand prallte, musste er ernüchtert feststellen, dass er nicht zu den außerwählten Kreisen gehört, denen es vergönnt ist, durch verborgene Hexentüren gehen zu können. Aber zum Glück ergriff Monia durch die Wand hindurch seine Hand und zog ihn mit auf die andere Seite. Nun standen beide Hand in Hand im Flur von Monias Großmutters Wohnung. Es roch muffig hier und an den Möbeln und in den Ecken hingen dicke Spinnweben. Langsam gingen die beiden auf eine Tür zu, hinter der Ruths Stimme erklang und Tabeas Gelächter. Tom ließ die Tür aufschwingen und staunte. Ruth war gerade dabei, im Wohnzimmer kleine Schallplatten auf eine Achse zu stecken von einem Plattenspieler, der in einem Schränkchen mit Schiebetür eingebaut war. Dann drückte sie einen Hebel und eine Platte fiel hinab auf den Plattenteller. Der Tonarm schwenkte über die Scheibe und senkte sich herab. Ruth schloss die Schiebetür und drehte an dem Lautstärkeregler des altmodischen Tonmöbels. Aus einem Lautsprecher ertönte ein leichtes Rauschen und Knacken und dann setzte Musik ein. Eine Frauenstimme sang: „Weißer Holunder, er blühte im Garten und übers Jahr, glücklich sie war.…" Tabea kringelte sich vor Lachen. Ruth griff sich eine alte Stehlampe und legte ein paar Tanzschritte mit ihrem hölzernen Partner aufs Parkett. Dann war die Schallplatte zu Ende und eine neue rutschte von der Achse auf den Plattenteller. „Als die kleine Jane

111

grade 18 war, führte sie der Jim in die Dancing Bar..." Jetzt erst bemerkte Tabea die beiden und ihr Blick fiel gleich auf die Hände des Pärchens. Schlagartig wurde denen klar, dass sie die ganze Zeit Händchen gehalten haben. Wie verbrannt ließen sich die beiden plötzlich los. Tom spürte, wie ihm die Röte ins Gesicht schoss und Monia interessierte sich urplötzlich sehr für die eingestaubten Bücher im Wohnzimmerschrank. Ruth lächelte. „So, dann lasst uns mal den Rest der Wohnung durchstöbern. Hier, gleich rechts, war das Schlafzimmer." Sie führte die drei in den Flur und öffnete die nächste Tür. Die verschmutzten Fenster ließen nur schlecht Licht durch und die vergilbten Gardinen taten das ihre dazu, den Raum in eine diffuse Dämmerung zu tauchen. So besonders ausgestattet war er auch nicht. Ein großes Bett, ein massiger Kleiderschrank, eine Wäschetruhe und eine Frisierkommode. Wie eben ein Schlafzimmer früher so eingerichtet war. Ruth ging weiter. „Und da haben ich und Kerry gewohnt. Und ihr, als ihr zur Welt gekommen seid." Ruth deutete auf zwei nebeneinanderliegende Türen. „Aber die Zimmer sind wohl jetzt leer." Sie warf einen kurzen Blick hinein, aber außer einem ausrangierten Korbsessel waren sie tatsächlich unmöbliert. Tabea öffnete spontan die nächste Tür. Ups, eine vergilbte Klosettschüssel und ein verstaubtes Waschbecken dämmerten im spärlichem Licht, dass sich durch ein winziges Fensterchen den Weg in den Innenraum bahnte, vor sich hin. „War wohl mal der Thronsaal." kommentierte sie ihren Fehlgriff. „Wenn das so ist", Ruth öffnete die gegenüberliegende Tür, „war das hier die königliche Großküche!" Sie betraten nun eine Wohnküche, die, wenn es hier nicht so staubig gewesen wäre, in ein Museum für Zeitgeschichte gepasst hätte. Ein mächtiger Kohleofen stand an der schmalen Seite der Küche und nahm seine halbe Breite ein. Daneben waren ein großes Steingutwaschbecken und ein massiver Arbeitstisch. Der Tür gegenüberliegend lag ein Fenster, staubblind, wie alle in der Wohnung, mit verdorrten Kräutern auf der Fensterbank. Links neben der Tür ein Küchenschrank mit Porzellanschütten, die zum Herausziehen waren. Verschnörkelte Schrift gab ihren Inhalt an. Mehl, Hirse, Zucker, Graupen, alles, was die Hausfrau damals griffbereit zu haben hatte. Rechts neben der Tür vervollständigte eine hölzerne Eckbank mit zwei Stühlen und ein Tisch mit Stragula- Belag die Einrichtung. Neben der Essecke führte noch eine Tür in die Speisekammer. Monia fuhr mit dem Finger durch die dicke Staubschicht des Esstisches und schüttelte den Kopf. „Wann ist denn hier das letzte Mal sauber gemacht worden?" „Irgendwann vor zwölf Jahren, als wir ausgezogen sind." seufzte Ruth. „Ja, lang ist`s her." „Und warum seid ihr hier ausgezogen?" Monia zog einen Stuhl unter dem

Tisch hervor, säuberte ihn oberflächlich mit der Hand, setzte sich und sah ihre Mutter erwartungsvoll an. „Nun, Kerry hatte sich eine eigene Wohnung genommen. Ja, und ich bin dann mit dir nach Paderborn gezogen. Da gibt es eine Menge erfahrener Kräuterhexen und ich wollte möglichst viel von ihnen lernen. Die Senne ist voll mit seltenen Kräutern, müsst ihr wissen." „Und warum ist Großmutter dann aus Hamburg weggezogen?", fiel auch Tabea ein. „Ach Kinder, was sollte sie denn hier allein? Außerdem hat das auch etwas mit der Geschichte der Hexen zu tun." Ruth nahm sich ein altes Küchentuch, säuberte die Sitzbank und nahm Platz. Jetzt waren auch Tom und Tabea neugierig geworden und setzten sich mit an den Tisch. „Also, die Geschichte der Hexen ist ja schon etliche zigtausend Jahre alt. Es hat etwas damit zu tun, dass sie wegen ihres Kräuterwissens sehr alt werden können. Teilweise bis zu vierhundert Jahre. Das würde aber auffallen, wenn alle Menschen in ihrer Umgebung altern, nur sie nicht. Deshalb müssen Hexen, wie Großmutter, alle zehn- bis fünfzehn Jahre umziehen, in eine komplett neue Umgebung, wo sie keiner kennt und sie auch nicht Gefahr laufen, von irgendjemand erkannt zu werden. Und, vor allen Dingen, damit niemand merkt, wie langsam sie altern." Monia hatte einen Einwand: „Aber du wirst doch dieses Jahr vierzig und wie du mir selbst erzählt hast, hast du bei Oma

114

siebenundzwanzig Jahre lang in Hamburg gelebt. Ich bin hier geboren, und niemand ist da umgezogen." „Das hat etwas mit dem Stoffwechsel der Hexen zu tun. Ich sagte ja auch eben, Hexen, wie Großmutter. Sie ist damals einundfünfzig geworden. Hexen leben etwa bis zu ihrem fünfzigsten Lebensjahr, wie ganz normale Bürger auch. Aber danach altern sie wesentlich langsamer. Vorher haben sie noch Zeit, eine Familie zu gründen, Karriere zu machen oder sich ein Haus zu bauen." Tabea runzelte die Stirn. „Wozu ein Haus bauen, wenn man es doch im Alter verlassen muss? Ist doch unsinnig!" Sehr logisch fand auch Tom die Sache nicht. „Du kannst ja wieder kommen", beruhigte Ruth sie. „Dreißig, vierzig Jahre später, wenn dich hier keiner mehr kennt. Unter anderem Namen. Häuser, die Hexen oder Zauberer gebaut haben, bleiben für immer ihr Eigentum. Wenn sie umziehen müssen, bleiben sie unter der Verwaltung des Hexenrates und werden nur an andere Hexen vergeben. Sie bleiben aber immer dem Erbauer erhalten. Was meint ihr denn, was das für ein Verwaltungsaufwand ist, in diesen Zeiten Hexe zu sein?" Die Kinder sahen sich an. „Was hat denn Hexe zu sein mit Verwaltung zu tun?" Tabea tippte sich etwas respektlos an die Stirn. „Na, was glaubt ihr denn", Ruth sah in die Runde, „Was glaubt ihr denn, wie aufwändig es ist, ständig neue Pässe und Ausweise auszustellen.

Sich ständig neue Identitäten, neue, glaubhafte Lebensläufe ausdenken zu müssen, nur, damit wir nicht auffallen." „Dann fälscht ihr Ausweise?", rief Monia empört. „Um Himmels willen, nein, Kind!" Ruth hob beschwichtigend beide Hände. „Wir würden nie etwas Illegales machen. Es hat schon alles seine Richtigkeit! Der Hexenrat ist eine ganz normale staatliche Behörde, wie alle anderen auch. So, wie die Einwanderungsbehörde oder das Gesundheitsamt. Nur, dass er sich mit unserem Teil der Bevölkerung befasst und irgendwie mehr im Hintergrund arbeitet. Wenn ihr einmal in einem Rathaus oder irgendeiner anderen Behörde ein Türschild seht „Magistrat für zwischenpolitische Sonderbeauftragte", könnt ihr sicher sein, da sitzt eine Hexe im Büro, die uns verwaltet. Ihr ahnt ja gar nicht, in welchen Kreisen sich Hexen und Zauberer bewegen. Die Merkel, zum Beispiel..." „Tabea stemmte sich streitlustig die Hände in die Seiten. „Halt! Stop! Du willst uns doch jetzt nicht weiß machen, dass unsere Bundeskanzlerin eine Hexe ist? Das nehmen wir dir aber nicht ab!" Ruth lachte hell auf. „Nein, nein, das würde ich nie behaupten. Aber einer ihrer besten Gärtner ist einer von uns!" Ruth erhob sich. „Also, Kinder, lange Rede, kurzer Sinn: Oma ist, als wir damals ausgezogen sind, nach Cannes umgesiedelt. Aber weil es ihr in diesem Haus so gut gefallen hat, will sie, wenn sie mal richtig alt ist, wieder hierher zurückkehren.

Denn wenn man erst mal aussieht, wie achtzig,
dann ist es egal, ob man achtzig ist oder
zweihundertachtzig. Aber erst muss man mal so
aussehen. Dann ist vieles leichter." Die Kinder
nickten zustimmend. „Und warum sind wir nicht hier
oben eingezogen?" Monia erhob sich klopfte sich
den Staub von der Jeans. „Ich meine, wenn hier mal
richtig sauber gemacht würde, wäre das doch eine
tolle Wohnung. Und auch viel größer, als unsere."
Ruth legte ihrer Tochter die Hand auf die Schulter.
„Erstens war die Wohnung im zweiten Stock gerade
frei und zweitens, wenn Großmutter gewollt hätte,
dass ich in ihre Wohnung einziehe, hätte sie es mir
bestimmt gesagt. Und nun Schluss jetzt. Ich habe
noch anderes zu tun." Ruth ging zur Speisekammer.

## 8. Der Diebstahl

Die Kinder erhoben sich nachdenklich. „Habt ihr geahnt, dass die Hexenwelt so kompliziert ist? Ich nicht!" Plop! Tabea ließ ihr Kaugummi knallen und schüttelte ihre rote Mähne. Ruth winkte den Kindern. „Darüber könnt ihr später debattieren. Bevor wir gehen will ich euch noch die richtige Hexenküche zeigen." „Sehr witzig" fand Tabea. „Ist das hier keine Hexenküche?" „Nicht so richtig!" lachte Ruth. „So sieht eine richtige Hexenküche aus!" Sie stieß die Tür zur Speisekammer auf, ging hinein und wischte mit der Hand über die Rückwand Eine Hexentür tat sich auf. Ruth ging hindurch und betrat den Raum dahinter. Tabea folgte ihrer Tante. Automatisch sprangen ein paar Leuchtstoffröhren an und verbreiteten ihr kaltes Licht in einem fensterlosen Raum. Die Hexenküche. Ein rußgeschwärzter Rauchfang über dem großen Herd in der Mitte des Raumes wirkte bedrohlich in seiner Masse. An ihm hingen verschieden große rostige und verstaubte Töpfe, Pfannen und Tiegel herunter. An den Wänden Regale voller Gläser und Gefäße mit Tinkturen und Mineralien. Alles sorgfältig lateinisch beschriftet. Jetzt waren auch Monia und Tom neugierig geworden. Sie drängten sich durch die schmale Tür und betrachteten staunend diese Ansammlung von magischen Raritäten und Ingredienzien. Tabea und Monia entkorkten einige

Flaschen und rochen daran. Mitunter verzogen sie ihre Gesichter, wenn ihnen ein besonders unangenehmer Geruch in die Nase stieg. Ruth betrachtete lächeln die Szene aus dem Hintergrund, um nötigenfalls einzugreifen, falls die beiden Mädchen an giftigen Sachen geraten sollten. Tom stöberte währenddessen in einem Bücherregal herum. „Seht mal hier, was ich hier habe!" Aufgeregt hielt er eine Schriftrolle hoch. „Ich glaube, ich habe hier eine Federzeichnung von Columbans Ring! Mit Text!" Aufgeregt wedelte er mit der Pergamentrolle und lief in die andere Küche. Die anderen folgten ihm auf den Fuß. Tom breitete die Schriftrolle auf dem Küchentisch aus. Die praktische Monia beschwerte die vier Ecken der Rolle mit kleinen Gewürzgläsern, damit sie sich nicht immer wieder zusammenrollte. „Das ist ja in Latein geschrieben!" Tabea war enttäuscht. Ruth klopfte ihr tröstend auf die Schulter. „Ja, allerdings ist es schon eine große Hilfe, zu wissen, wie der Ring aussieht. Vielleicht liegt er hier zwischen irgendwelchem Krempel und wir müssen nur kräftig suchen. Wer weiß? Aber jetzt mal was ganz anderes! Das hier hat, glaube ich, noch ein wenig Zeit. Ich habe nämlich einen Bärenhunger. Deshalb schlage ich vor, wir gehen jetzt alle hinunter, vernichten Toms Ufos, kommen später wieder hoch und suchen hier weiter. OK?" Tom war verwirrt. „Welche Ufos, bitte schön? Ich habe keine Ufos!"

Monia lachte sich kringelig. „Natürlich hast du Ufos, du kennst sie nur unter anderem Namen. Sie heißen auch Klopse, Buletten, Frikadellen, oder eben Ufos." „Und wieso ausgerechnet Ufos? Das macht doch keinen Sinn!" „Macht doch Sinn", mischte sich Tabea ein. „Ufo ist die Abkürzung für Unbekanntes Fleisch Objekt! Verstanden? Weil man nie weiß, was beim Schlachter oder in einem Imbiss in so solchen Teilen verarbeitet wurde. Natürlichen wissen wir, dass deine Mutter eine gute Köchin ist und wir wollen ihr auch keine Schlechtigkeiten unterstellen, aber in diesem Hause heißt alles, was nur im Entferntesten wie ein Klops, eine Bulette, oder wie die Hamburger eben sagen, Frikadelle, aussieht, Ufo!" Ruth musste lachen über Toms verdutztes Gesicht. „Na, von mir aus essen wir jetzt auch Frikadellen." beschloss Ruth. „So, und nun Abmarsch nach unten." Sie scheuchte die Kinder mit ausgebreiteten Armen aus der Wohnung. Monia nahm Tom wieder bei der Hand. „Sonst kommst du nicht durch die verborgene Hexentür!" Ruth lachte und klopfte dem Jungen tröstend auf die Schulter. „Tja Tom, Es muss bitter sein für einen Jungen in deinem Alter, dass du jetzt schon erfahren musst, dass es ohne uns Frauen nicht geht." Sie schob die beiden durch die Wand. Tabea ging als letzte, Es hatte ihr einen kleinen Stich versetzt, als sie Tom und Monia so Hand in Hand stehen sah. Aber plötzlich, hier, auf dem Flur,

120

musste sie schnuppern. Wie ein Spürhund nahm sie Witterung auf. „Kerry war hier!" warnte sie. „Sie hat hier herumspioniert, das Biest!" Wütend stampfte sie mit dem Fuß auf. „Hat sie sich hier noch irgendwie versteckt?" Tabea lugte in sämtliche Ecken. Dann öffnete sie die Tür zum Hängeboden. „Herzallerliebste Mutter mein! Komm hera a aus! Wir wissen, dass du dich irgendwo versteckst hast" flötete sie mit zuckersüßer Stimme in den Raum hinein. Doch nur der Wind pfiff seine unregelmäßige Melodie durch die Dachsparren. „Mist!" Sie stampfte zum zweiten Male auf. Mit wütender Miene wandte sie sich an Ruth. „Wie können wir verhindern, dass sie unerlaubt die Wohnung betritt? Wir dürfen ihr keine Chance lassen, an etwas zu gelangen, was ihr irgendwie weiter helfen könnte." „Ich glaube, ich weiß da was!", rief Monia und bevor Ruth antworten konnte, verschwand sie schon in der Wohnung. Sekunden später erschien sie wieder mit einem Heft in der Hand. „Nehmen wir doch einfach das hier! Habe ich vorhin beim Stöbern im Wohnzimmerschrank entdeckt." Monia wedelte triumphierend mit dem Büchlein „Hexentüren leicht gemacht". Sie blätterte eifrig im Inhaltsverzeichnis. „Hexentüren! Hexentüren erstellen, Hexentüren löschen, Hexentüren sperren, geheime Hexentüren. Da ist es! Ist ja fast wie die Hilfe- Seiten bei Fenster!" stellte sie fest. „Hä?" Tom verstand mal wieder gar nichts. Monia lachte. „Wie heißen

Fenster auf Englisch? „Na, Windows natürlich.
Wieso?" Jetzt begriff Tom! „Frikadellen sind bei
euch Ufos und Windows für den Computer ist bei
euch Fenster. Oh Mann! Euer blöder Paderborner
Humor!" quetschte er zwischen den Zähnen hervor.
Jetzt studierte Ruth das Heftchen. „Also, hier steht,
am wirksamsten ist es immer noch, die Haustür
hinter einer verborgenen Hexentür mit dem
Originalschlüssel zu verschließen. Der ist bei Hexen
immer mit einem Sicherheitszauber belegt und kein
Hexenmeister der Welt könnte sie dadurch finden.
Das kann nur der, der weiß, wo die Tür ist und den
richtigen Schlüssels dazu hat." Ruth nickte
verstehend. „Jetzt wird mir einiges klar. Darum hat
Oma also den Schlüssel stecken lassen. Wer zuerst
die alte Wohnung in Besitz nimmt, kann sie als
Headquarter behalten! Clever gemacht, Mama!
Vielleicht hilft uns das ja weiter." Auf einmal knurrte
ihr laut und vernehmlich der Magen. Die Kinder
lachten. Monia dirigierte ihre Mutter zur sanft
Hexentür. „Du hast ja Recht. Wir haben alle Hunger!
Gehen wir." Ruth stecke ihren Kopf noch einmal
schnell durch die Wand, warf einen letzten Blick in
die Wohnung, zog dann entschlossen die Tür zu
und schloss ab. „Na, bestens. Dann kommen wir
endlich zu unseren wohlverdienten Ufos." Sie
schaute auf ihre Armbanduhr. „Monia, wenn du dich
beeilst, kannst du vom Bäcker noch Semmeln holen
für uns alle." Monia hielt ihr auffordernd die flache

Hand hin. „Dann gib Geld. In Hamburg heißen die Brötchen übrigens Rundstücke und nicht Semmeln. Nur zu deiner Information." „Mein liebes Fräulein!" Ruth zog kritisch die rechte Augenbraue hoch und sah ihre Tochter strafend an. Sie mochte es nicht, wenn Monia so vorlaut war. Die ahnte schon, was jetzt kommen würde und schloss schnell die immer noch ausgestreckte Hand. „Schon verstanden! Ich lege das Geld solange aus!" drehte sich auf dem Absatz um und lief schnell die Treppen hinunter, froh, dem Unmut ihrer Mutter entkommen zu sein.

Währenddessen hatte Tabea die Wand noch einmal gründlich untersucht. Tatsächlich! Auch sie konnte die Tür nicht wieder finden, obwohl sie von einer Hexe abstammt. „Und du, findest du sie auch wieder?" fragte Tom Ruth. „Natürlich! Es gibt für mich keinen Unterschied zu vorher, weil ich ja den Schlüssel habe. Sieh her!" Sie steckte ihre Hand in die Wand. "Kein Problem. Und den Schlüssel werde ich solange verwahren. Kerry traue ich es zu, dass sie versucht, ihn einen von euch mit Gewalt abzunehmen."

Die Ufos waren vertilgt und alle saßen satt, aber nicht zufrieden im Wohnzimmer und beratschlagten. „Würde es helfen, den Text von dem Blatt, auf dem der Ring gezeichnet war, aus dem Lateinischen zu übersetzen?" überlegte Monia. „Ich glaube nicht, dass es etwas nützt", war Toms Meinung. „Wir machen uns die Mühe der Übersetzung, nur um hinterher zu wissen, woher er stammt und aus welchem Material er ist. Wir sollten lieber weiter suchen. Vielleicht finden wir in den anderen Schriftrollen und Bücher mehr Informationen." „Und worüber?" wollte Tabea wissen. „Na, ja, zum Beispiel Hinweise darüber, wo der Ring abgeblieben sein könnte. Vielleicht hat sich deine Großmutter eine Notiz gemacht, wo sie den Ring versteckt hat. Alte Leute schreiben sich gerne mal was auf! Ich glaube schon, dass da noch etwas ist. Und ich glaube auch, dass wir jetzt allmählich anfangen sollten. Viel Zeit haben wir nicht mehr. Und übermorgen müssen wir wieder zur Schule." Tom erhob sich. „Wo er recht hat, hat er recht.", war auch Ruth der Meinung. „Na also! Worauf warten wir noch? Ist ja eh schon dunkel."

Ruth öffnete problemlos die Hexentür. Als sie die Wohnung betraten, herrschte auf einmal ein ungeheurer Durchzug. Die Küchentür schlug mit einem großen Knall zu und hätte Tabea beinahe die Nase platt gehauen. „Mit mir nicht, du Tür, du!" Entschlossen stemmte sie sich gegen ihre hölzerne Rivalin und siegte. Der Durchzug setzte wieder ein und der Kampf begann aufs Neue. Papiere wirbelten umher und einige Kochbücher wurden aus dem Regal gerissen. Monia lief schnell zu dem offenen Küchenfenster, um es zu zumachen, und sah, bevor sie es schloss, noch einen schwarzen Schatten vorbeifliegen. Aber in der nächsten Sekunde war er verschwunden. Monia sah noch einmal hinaus. Nichts war mehr zusehen. „Vielleicht habe ich mich getäuscht", dachte sie, war sich aber nicht sehr sicher. Sie beschloss, nichts von ihrer Beobachtung zu erzählen. „Vielleicht war es ja doch nur der Schatten einer Wolke, oder so".

Ruth riss sie aus ihren Gedanke. „Wer hatte denn vorhin ein Fenster aufgemacht?" „Soviel ich weiß, keiner von uns." Monia drehte noch einmal betont kräftig an dem Griff. Tabea und Tom nickten zustimmend. „Komisch!" Ruth überlegte. „Ich kann mich auch nicht daran erinnern, dass jemand eins aufgemacht hätte. Und der Durchzug war auch ungewöhnlich heftig. Irgendwie zu heftig. Als wenn da ein Zauber dahinter stecken würde." Sie zuckte resignierend mit den Schultern. „Dann lasst uns mal aufräumen." Sie bückte sich und begann, die Bücher vom Boden aufzuheben.
Monia ließ der schwarze Schatten keine Ruhe. Sie schaute noch mal aus dem Fenster hinaus und sah auf einmal diese Spur! Sie winkte aufgeregt. „Kommt mal her! Jetzt weiß ich, warum das Fenster offen stand! Einbrecher! Und anscheinend haben wir sie überrascht! Seht! Von dort sind sie herein gekommen." Die Kinder stürzten herbei und auch

Ruth wurde neugierig. Ja! Auf den bemoosten Dachziegeln war im Mondschein deutlich eine Spur zu sehen. Dort, unterhalb des Küchenfensters an einem Schneefanggitter, sah es so aus, als wenn jemand seitlich mit dem Fuß weggerutscht wäre. Tom schüttelte den Kopf. „Wer ist denn so blöd und turnt bei dieser Dunkelheit auf dem Dach herum? Das kann doch nur ein Wahnsinniger sein!" Tabea nickte. „Oder eine Hexe!" Jetzt machte sich Ruth bemerkbar. „Es sieht so aus, als wenn die Spur von der Dachrinne her zum Fenster führt, und nicht von einer der Dachluken aus. Auf dem Moos wäre die Person von dort aus bestimmt mehr, als einmal ins Rutschen gekommen. Was folgern wir daraus? Na?" Ruth blickte in die Runde. „Niemand? Der Einbrecher muss also hergeflogen sein, um hier direkt an das Fenster zu kommen. Kapiert? Und das kann nur eine Hexe gewesen sein! Kerry!" „Aber sie kann doch gar nicht mehr fliegen. Ihr Hexenbesen wurde ihr doch abgenommen. Und mit dem bisschen Zauberkraft, die sie noch hat, bringt sie noch nicht einmal einen Handfeger zum Schweben." Tabea stank es zwar gewaltig, dass sie ihre Mutter in Schutz nahm, aber es war eben eine Tatsache, die nicht von der Hand zu weisen war.
„Ich sage ja gar nicht, dass sie selbst geflogen ist", warf Ruth ein. „Wahrscheinlich war sie nur der Co-Pilot. Sie war gute sechs Stunden vor euch in Hamburg. Da kann eine Hexe viel Verbindungen

126

knüpfen, sag ich euch." Jetzt war es an der Zeit, dass Monia von ihrer Beobachtung berichtete. Damit war es jetzt allen klar, der Einbrecher kann nur Kerry gewesen sein. „Und was machen wir jetzt?" Tom sah fragend in die Runde. „Bis morgen früh hat uns die edle Dame die ganze Wohnung ausgeräumt, ohne, dass wir es mitkriegen." Ruth nickte. „Auf einen groben Klotz gehört ein grober Keil! Wir müssen zur Sicherheit alle Fenster verrammeln. Das geht aber nur von außen. Und zwar mit einem massiven Zauberspruch. Und dafür brauchen wir..., " Sie wies mit ihrem Finger auf Monia. Die hatte schon auf ihr Stichwort gewartet, trat theatralisch in die Mitte und warf den rechten Arm hoch. „Warzenschwein!" „Wer oder was ist Warzenschwein?" Tom konnte sich keinen Reim auf diesen Namen machen. Tabea zuckte auch nur mit den Schultern. Ruth lachte: „Warzenschwein heißt mein Hexenbesen. Monia hatte ihm den Namen gegeben, als sie noch klein war. Der Besen stand in der Ecke, mit dem Reisig nach oben, und der Mond schien durch das Fenster. Auf einmal fing Monia an zu weinen: „Mama, Mama, da, ein Warzenschwein!" Tatsächlich sah der Schattenriss aus, wie der Kopf eines Warzenschweins. Und seitdem heißt mein Hexenbesen eben Warzenschein." „Bis Marcia uns befreit hatte, dachte ich immer, Hexenbesen gibt es nur im Märchen." lachte Tom. „Nun ja", warf Ruth ein. „Sie werden heutzutage deutlich weniger

127

benutzt, als früher. Es gibt sie aber noch. Und sie werden auch so schnell nicht aus der Mode kommen. Aber ich muss jetzt mal schnell hinunter, etwas nachlesen und meinen Zauberstab holen." Sie verschwand durch die Wohnungstür und einem Augenblick später stand Kerry vor ihnen. „Was willst du denn hier?" Tabeas Ton ihrer Mutter gegenüber ließ daraus schließen, dass sie nicht sehr erfreut war, sie zu sehen. Die anderen beiden Kinder übrigens auch nicht. „Na, meine lieben Kleinen, was gibt es Neues an der Hexenfront? Schon etwas herausgefunden in punkto Ring?" „Und wenn ja, wärst du wahrscheinlich die letzte, die es von uns erfahren würde. So viel ist sicher!", giftete Tabea. „Warum so feindselig, mein Töchterchen? Durch mich könntest du Karriere machen und viel an Macht gewinnen. Wäre das nichts für dich?" „Ein Leben lang unter deiner Fuchtel? Nein danke. Nicht mit mir!" Tabea winkte ab. „Außerdem bist du hier eingebrochen und wolltest etwas stehlen! Das ist link!" „Ich bin doch nirgendswo eingebrochen! Wie kommst du denn darauf, mein Kind?" Kerry tat empört. „Sicher nicht?" Sie fuhr herum. Ruth stand wie ein Racheengel hinter ihr. Sie ging auf Kerry zu und baute sich vor ihr auf. „Dann zeig uns doch mal bitte deine Schuhe!" Ihre Schwester sah sie nur verständnislos an. „Na, wird`s bald?" Zögernd tat Kerry das Gewünschte und hielt ihr den rechten Fuß hin. Ruth strich mit dem Zeigefinger über den

Rand der Sohle und betrachtete sich dann ihren Finger. Sie sah Kerry mit festem Blick in die Augen. „Moos! Moos vom Dach!" Ihre Schwester konnte dem Blick nicht standhalten. „Unsinn! Ich, äh, ich war im Wald spazieren." „Mit den Schuhen?" Ruth lachte laut auf. „So etwas trägt man vielleicht auf dem Wiener Opernball, aber nicht im Wald. Und nicht auf Dächern. Du hast ja gesehen, wie gefährlich das sein kann, wenn man mit dem falschen Schuhwerk auf Diebestour geht!" „Erstens kann ich gar nicht fliegen, da ich keinen Besen mehr habe und zweitens bin ich schon seit langem nicht mehr schwindelfrei." „Das glaube dir unbesehen. Du hast schon als Kind hervorragend schwindeln können.", erklärte Ruth mit verschränkten Armen. „Ich wette, dass du garantiert jemanden gefunden hast, der mit dir für falsche Versprechungen diesen kleinen Flug unternommen hat. Oder sehe ich das falsch?" „Solche Anschuldigungen brauche ich mir von dir nicht gefallen zu lassen! Ich gehe!" Kerry drängte sich an Ruth vorbei und entschwand mit wehenden Röcken aus der Wohnung. „So, die wären wir los. Aber ich bin mir ziemlich sicher, die hockt bald irgendwo und denkt sich neue Tricks aus. Sie hat zwar auch das Recht, sich die Papiere und Bücher anzusehen, genau, wie wir, aber nur in unserer Anwesenheit und sie soll nicht stehlen!", empörte sich Ruth. „Stehlen geht schon mal gar nicht!" Sie wandte sich an die Kinder: „So, jetzt wollen wir mal langsam anfangen. Am besten, ich starte von der Ladeluke im Flur aus!" In Hamburg haben viele der alten Bürgerhäuser noch eine Tür am Giebel und darüber ragt ein Träger waagerecht hinaus. Man kann bei Bedarf dort einen Flaschenzug einhängen und damit schwere Sachen gleich auf den Speicher hieven. So mussten die Arbeitsmänner keine schwere Säcke mit Mehl oder Heringsfässer bis in den vierten oder fünften Stock schleppen. „Und wo hast du jetzt Warzenschwein?" wollte Tom wissen. „Na hier!" Ruth zeigte auf eine Anstecknadel in Form eines Reisigbesens an ihrer Brust. „Damit willst du fliegen? Nie und nimmer!" Tom schüttelte den Kopf. Tabea lachte. „Tja, wenn man natürlich nicht in Hexenkreisen aufgewachsen ist…!" Ruth nahm den Besen von ihrer Jacke, hielt ihn etwas von sich und schnippte mit dem Finger. „Brix!" und der Miniaturfeger schwebte nun in voller Größe vor ihnen. „So kann ich ihn unauffällig überall mit hinnehmen und er ist immer griffbereit. Praktisch, nicht?" Tom staunte. „So, jetzt muss ich aber etwas tun. Macht überall das Licht aus und kommt mit." Ruth winkte den Kindern, ihr zu folgen. Monia knipste das Licht im Flur und Wohnzimmer aus, schloss die Wohnung ab und ging ihnen nach. Ruth stellte sie sich vor die Ladeluke. Auf ihr Zeichen hin öffnete Tom die Tür. Es wurde ihm ein klein wenig schwindelig, als er in die Tiefe sah, aber nur für einen kurzen Augenblick. Ruth trat hinaus auf die kleine Plattform vor der Luke, setzte sich rittlings auf ihren Besen, schnipste mit dem Finger und sprach: „Brix"! Sofort erhob sich Warzenschwein in die Luft und flog mit ihr in einem großen Bogen über das Dach und um das Haus herum. Dann kamen sie in einer rasanten Kurve um die Ecke und postierten sich etwas oberhalb des Daches. Ruth zog aus ihrem Gürtel einen Zauberstab hervor, schwenkte ihn und sprach die Zauberformel:

Dachgeschoss und Fensterglas
seid vereint zu einem Maß.
Keinen Fremden lasst herein.
Dies Haus soll eine Festung........

Weiter kam sie nicht. Ein Blitz kam wie aus dem Nichts und Ruths Zauberstab zersprang in tausend Stücke! Ein Schatten fegte an ihr vorbei und brachte Warzenschwein gefährlich ins Wanken. Ruth konnte ihn gerade noch abfangen und flog eine scharfe Kurve, um zu sehen, wer dieser heimtückische Angreifer war. Sie brauchte nicht lange, um zu erkennen, dass Kerry hinter einer Hexe auf dem Besen saß. Mit einem Rucksack auf dem Rücken. Die andere Hexe stellte ihren Besen so, dass Kerry mit einem kleinen Sprung auf der Plattform vor der Ladeluke landen konnte. Mit einem höhnischen Gelächter drängte sie die Kinder zur Seite und stürmte in das Haus. „Minerva!" Ruth erkannte die Hexe vor der Ladeluke. „Meine beste Feindin! Was willst du denn hier? Hast du dich von Kerry wieder mit falschen Versprechungen einlullen lassen? Du kennst sie doch und fällst trotzdem immer wieder auf ihre Lügen herein! Nie wird sie den Ring finden. Nie! Das werde ich zu verhindern wissen!" Ruth war jetzt richtig wütend. Aber im Moment war sie hilflos. Ihr Zauberstab war zerstört und Minerva war eine ziemlich mächtige schwarze Hexe. Im Augenblick hatte sie keine Chance.

Im nächsten Augenblick sprang Kerry durch die Ladeluke hinter Minerva auf den Besen. In derselben Sekunde schossen sie schon davon. Ruth konnte gerade noch erkennen, dass oben aus Kerries Rucksack eine Pergamentrolle herausschaute. Die Kinder standen noch immer an der Luke und schauten verwirrt Minerva Besen hinterher. Ruth zog Warzenschwein herum und hielt vor der Plattform. „Steig auf!", rief sie Tom zu, der ihr am nächsten stand. „Wir müssen uns die Pergamentrolle zurückholen!" Tom zögerte. Ihm wurde schon schwindelig auf dem Dreimeterturm im Schwimmbad. Und jetzt soll er auf einem Hexenbesen durch die Lüfte reiten? Bevor er noch recht überlegen konnte, erhielt er schon einen Stoß in den Rücken. „Nun mach! Sonst sind sie über alle Berge!", fauchte Tabea ihn an. Tom stolperte vorwärts. Irgendwie gelang es ihm, auf

Warzenschwein Platz zu nehmen. „Sie fliegen nach Norden!", rief Tabea ihnen gerade noch zu und schon ging die Verfolgungsjagd los. Tom krallte sich in das Holz des Besenstiels und kniff die Augen zu. „Keine Angst!", rief Ruth ihm zu. „Von Hexenbesen kann man nicht runterfallen. Du bist durch einen Zauber geschützt!" Vorsichtig blinzelte Tom durch die halbgeschlossenen Lider. Weit vor ihnen flog Minerva und Kerry auf dem Besen. Doch langsam, aber stetig holten sie auf. „Du musst Kerry die Rolle Pergament wieder abnehmen. Wir wissen nicht, was da drauf ist. Aber ich habe da so eine Vermutung! Wir müssen verhindern, dass sie Schaden damit anrichten kann!" „Wie soll ich das denn machen?", rief ihr Tom gegen den Fahrtwind zu. „Ganz einfach! Ich versuche, so nah, wie möglich an Minervas Besen heran zu kommen und du ziehst Kerry die Rolle aus dem Rucksack. Nur so funktioniert das! Und jetzt halt dich fest! Es geht los!" Ruth gab Warzenschwein die Sporen. Der bäumte sich auf und schoss vorwärts. Im Nu hatten sie den anderen Besen eingeholt. Als Kerry die beiden bemerkte, klopfte sie aufgeregt auf Minervas Rücken. Die drehte sich um und sah ihre Widersacherin schon dicht hinter sich fliegen. Sie lachte höhnisch auf. Urplötzlich zog sie ihren Besen in einer steilen Rechtskurve nach oben. Aber Ruth reagierte prompt und folgte ihr. Als erfahrene Hexe kennt sie natürlich so ziemlich alle fliegerischen

Tricks, die man mit einem Hexenbesen anstellen kann. Ihr Vorteil war auch, dass Warzenschwein nicht mit zwei Erwachsenen besetzt war. Tom ist zwar nicht gerade klein, aber doch noch wesentlich leichter als eine ausgewachsene Hexe. Das kam ihrer Wendigkeit zu Gute. Minerva schlug Haken wie ein Feldhase, aber Ruth ließ sich nicht abhängen. Ständig versuchte sie, parallel neben Kerry zu fliegen, damit Tom an die Pergamentrolle herankommt. Aber jedes Mal flog Minerva ein Ausweichmanöver. Hinterlistiger weise flog sie jetzt auch noch ziemlich tief und nutzte jede Gelegenheit, um Ruth abzuschütteln. Ständig musste Ruth aufpassen, um nicht mit irgendeinem Baum oder Haus zu kollidieren. Tom war gar nicht bewusst, in welchem Höllentempo sie da durch die Nacht jagten, so sehr konzentrierte er sich darauf, an Kerries Rucksack ran zu kommen. Sie entfernten sich immer weiter von der Stadt und die Gegend wurde schon etwas ländlicher. Minerva hatte nun ihre Taktik geändert. Sie versuchte jetzt, ihre Verfolger abzuschütteln, in dem sie gefährlich nahe an Hochspannungsleitungen heranflog, um ihnen dann in letzter Sekunde auszuweichen. Tom sträubten sich die Haare. Sie flogen so dicht an den Leitungen entlang, dass er das Knistern und Summen der elektrischen Spannung auf seiner Haut spürte. Die Härchen auf seinen Armen standen senkrecht. Aber Ruth war eine

134

ausgezeichnete Pilotin. Auch als Minerva ihren Zauberstab zückte und ihnen Flammenbälle entgegen schleuderte, behielt sie die Nerven. Routiniert wich sie den Feuerkugeln aus. „Hast du nichts anderes auf Lager?", rief sie ihrer Feindin zu. Minerva fauchte: „Dann nimm das!" Aus ihrem Zauberstab schossen auf einmal blaue Blitze auf die beiden zu. Ruth zog in einem gewagten Manöver Warzenschwein unter Minervas Hexenbesen durch und eh sich Kerry versah, tauchten sie auf der anderen Seite wieder auf. Tom witterte seine Chance und langte sofort nach der Pergamentrolle in dem Rucksack. Die Hexe schrie wütend auf und drehte sich im letzten Augenblick zur Seite. Tom fluchte. Er hatte die Rolle schon fast berührt. Um einen Bruchteil einer Sekunde war er zu spät gekommen. Auf einmal packte Kerry ihn am Arm und zog ihn zu sich heran. Warzenschwein reagierte augenblicklich dagegen und Tom hing plötzlich fast zwischen den beiden Besen. Er versuchte, sich zu befreien, aber die schwarze Hexe hielt ihn eisern fest. Doch bevor er sich richtig aufregen konnte, sah er mit Entsetzen, wie Minerva jetzt direkt auf eine Eisenbahnunterführung zusteuerte. Sie folgte dem Verlauf einer eingleisigen Bahnstrecke und flog direkt auf dieses entsetzlich große, pechschwarze Loch zu. Ruth flog ohne mit der Wimper zu zucken neben ihr. Solange Kerry Tom nicht los ließ, blieb ihr auch keine andere

Wahl, als Warzenschwein strikt neben Minervas Besen zu halten. Tom dachte nur: „Wenn jetzt ein Zug kommt sind wir alle platt!" Doch bevor er den Gedanken zu Ende spinnen konnte, ließ Minerva kurz vor dem Tunnel eine Rauchbombe platzen. Darauf war auch Kerry nicht vorbereitet gewesen. Erschrocken ließ sie den Jungen los. Tom schnellte wieder zurück in seine ursprüngliche Sitzposition. Er war heilfroh, dass er durch den Zauber fest mit dem Besen verbunden war. Der Hexenbesen schoss mitten hinein in den beißenden Qualm. Ruth riss Warzenschwein hart zurück, doch sie sind natürlich viel zu schnell unterwegs gewesen, um rechtzeitig auf diese Hinterlist reagieren zu können. Im Blindflug rasten sie direkt hinein in die Eisenbahnunterführung. Funken stoben umher, als Ruth den Besen endlich mitten im Tunnel zu stehen brachte. Tom musste husten und ihm brannten die Augen von dieser gemeinen Rauchbombe. Plötzlich war das Pfeifen einer Lokomotive zu hören. Durch den dicken Qualm hindurch sah er drei Lichter auf sich zu kommen. Tom konnte sogar schon schemenhaft die Umrisse des Lokführers erkennen und dachte, sein letztes Stündlein hätte geschlagen. Doch geistesgegenwärtig riss Ruth den Besen herum, haute ihm die Hacken in den Reisig und Warzenschwein schoss vorwärts.
Sekundenbruchteile später waren sie wieder im Freien und an der frischen Luft. Ruth lenkte

Warzenschein sofort scharf nach rechts hinter ein paar Büsche. „Duck dich!", rief sie Tom zu. Gerade früh genug. Denn schon ratterte im nächsten Augenblick ein Schienenbus aus den sich langsam verflüchtigenden Rauchschwaden. „Das war knapp! Hoffentlich hat uns keiner gesehen." Ruth atmete tief durch und auch Tom spürte, wie wieder frische Luft in seine Lungen strömte. Er grinste: „Das wäre doch mal ne Schlagzeile in der Lokalpresse gewesen. Hexenbesen kollidierte mit Schienenbus!" Ruth sah sich um. „Die beiden dürften wohl schon längst über alle Berge sein!" Sie sah ziemlich wütend aus. „Das war ein ganz fieser Trick. Dieses hinterlistige Weib! Wenn ich die erwische!" Sie ballte die Faust. Doch dann fiel ihr ein, dass sie ja noch einen Passagier dabei hatte. „Nachhause?" Tom nickte erschöpft. „Nachhause!"

## 9. Die Fälschung

Nächsten Morgen saß das Quartett in Ruths Wohnzimmer. Jeder in seine Gedanken gehüllt, aber alle das gleiche Ziel verfolgend, wo finden wir den Ring, bevor Kerry ihn bekommt. „So ein Mist!" Tom fluchte vor sich hin. „Ausgerechnet das Pergament mit der Beschreibung über den Ring haben sie gestohlen! Hoffentlich können sie damit nichts anfangen." „Und wenn schon. Verhindern können wir das jetzt eh nicht mehr.", murmelte Monia missmutig vor sich hin. Nach einer ganzen Weile hob Tabea den Kopf. „Was ist eigentlich aus dem riesigen Loch in der Tür zur Karibik geworden? Ihr wisst doch, dass die Ratte da rein genagt hat. Ist das noch offen, oder hat Meister Sebastian es wieder zugehext?" „Richtig!" Ruth erhob sich. „Daran hat wohl keiner von uns mehr gedacht! Ich habe keine Ahnung, ob es noch da ist. Oder wisst ihr was?" Tom und Monia schüttelten den Kopf. „Wir waren seit der Karibik auch nicht mehr unten. Meint ihr denn, Kerry ist wieder abgehauen?" „Also, zutrauen würde ich es meinem lieben Mütterchen allemal. Aber, wohin? Und warum? Sie hat hier doch anscheinend Kontakt zu anderen schwarzen Hexen bekommen. Warum sollte sie da abhauen?" Sie erhob sich. „Am sichersten ist es, wir sehen einmal nach."

Im Kellergang brannte Licht. Ruth ging voran. Plötzlich hob sie die Hand und drehte sich um. Mit dem gestreckten Zeigefinger vor den Lippen deutete sie den anderen, still zu sein. Jetzt hörten auch die Kinder das Stimmengemurmel. Vorsichtig schlich der kleine Trupp näher heran. Hinter einer der Kellertüren in den Nischen brannte Licht. Deutlich war die Stimme des Hausmeisters zu hören. „Ja, werte Frau Kerry! Gelernt ist gelernt. War ich doch hundert Jahre lang in Preußen bei einem königlichen Goldschmied angestellt. Zwar durfte ich nur die Werkstatt auskehren, aber in etlichen Mußestunden habe ich mich selbst heimlich in diesem Metier versucht und sie müssen zugeben, ich habe viel gelernt in dieser kurzen Zeit." Ruth sah durch einen schmalen Schlitz in der groben Holztür. An einem Arbeitstisch standen im Schein einer Schreibtischleuchte Kerry, der alte Gögge und eine Frau, von der sie vorerst aber nur ein Teil ihres Kleides erkennen konnte. Der kleine Mann buckelte vor Kerry und hielt ihr dabei stolz einen Ring unter die Nase. Plötzlich nahm die andere Frau ihm diesen Ring ab und Minervas Stimme war zu hören. „Na, ja, Aalfred. Ganz brauchbar. Besonders der rote Siegellack ist dir gelungen, du alter Fälscher. Hauptsache ist, Meister Sebastian fällt darauf herein. Wenn der sich täuschen lässt, haben Ruth und ihre Kindergang schon verloren." Die Stimme richtete sich an Kerry: „Hab ich dir nicht gesagt,

139

dass es sich lohnt, einen Troll mit einzubeziehen? Der Mann taugt zu mehr, als nur zum Keller ausfegen. Der hat so ein schönes Potential in sich an Hinterhältigkeit und Kriminalität, dass einem das Herz im Leibe lacht! Nur weiter so, guter Mann, nur weiter so. Sie werden noch einmal einen hohen Posten bekleiden! Glauben sie mir." Hausmeister Gögge drehte und wand sich vor Verlegenheit über das Lob. Gleichzeitig rann ihm der Geifer aus den Mundwinkeln. Er sah sowieso ganz anders aus, als man es gewohnt war. Er war jetzt kleiner und gedrungener, als sonst. Statt einem Hausmeisterkittel trug er nun eine braune Mütze aus Cord und eine Hose aus dem gleichen Material, mit Hosenträgern, und ein grobkariertes Hemd mit hochgekrempelten Ärmeln. Oben aus dem Hemd quoll ein dichtes Gestrüpp von borstigen Haaren heraus und auf den Armen wucherte die gleiche struppige Wolle. Aus seiner Stirn ragten zwei kleine Hörner.

Dicht hinter Ruth gedrängt standen die Kinder an der Kellertür. Die waren genau so überrascht, wie die verschworene Hexengemeinschaft im Keller, als Ruth plötzlich voller Wut die angelehnte Tür auf stieß. „So, so, einen Troll habt ihr also engagiert! Hab ich es mir doch gleich gedacht, als ich dieses Individuum das erste Mal gesehen habe, dass er mit dunklen Mächten im Bunde steht." Sie sah in die Runde. Kerry und Minerva standen vor Schreck erstarrt da, wie aus Stein gehauen. Ruth nahm Minerva den Ring aus der Hand. „Meint ihr wirklich, dass ihr einen Meister, wie Sebastian, damit hinters Licht führen könnt? Meint ihr wirklich, einen Mann, mit seinen Qualitäten, so täuschen zu können?" Ihr Blick huschte über das saubere Trio. „Lächerlich!"

„Vielen Dank, meine Liebe, dass du so hohe Worte über mich gefunden hast! Ich fühle mich wirklich außerordentlich geschmeichelt. Aber ab jetzt nehme ich wohl die Sache selbst in die Hand." Wie aus dem Nichts stand Meister Sebastian auf einmal im Raum. Er nickte Ruth gnädig zu und wandte sich dann mit ernster Miene den Fälschern zu. „Ich glaube, meine Lieben, um mich täuschen zu können, müsst ihr wohl ein paar Jahrhunderte früher aufstehen." Er sah Minerva an, dann Hausmeister Gögge und zum Schluss Kerry. Minerva wurde rot und senkte ihren Kopf. Gögge wollte sich am liebsten in einem Mauseloch verkriechen, nur Kerry sah Meister Sebastian mit unverhohlenem Hass ins Gesicht. Meister Sebastian sah der wütenden Kerry lange in die Augen und wandte sich letztendlich aber kopfschüttelnd ab. „Kerry, es schmerzt mich, wenn ich sehe, wie du dein Potential so sinnlos verschleuderst. Du hättest eine gute Hexe werden können. Wenn nur nicht dieser unbändige Drang zur Macht in dir wäre. Du willst herrschen! Nun gut, kann ich verstehen. Aber zu einem guten Herrscher bedarf es mehr, als nur sehr gutes Fachwissens und den absoluten Wille zur Macht. Ein guter Herrscher muss vor allem eins vorweisen können! Charakter! Aber da hapert es aber bei dir gewaltig, meine Dame. Ganz gewaltig! Friedrich Nietzsche, ein großer Philosoph aus dem letzten Jahrhundert, hat einmal gesagt: Gib einem kleinen Wicht etwas Macht und ich schwöre dir, er wird sie missbrauchen. Wenn du Macht hättest, liebe Kerry, würdest du nicht nur handeln, wie ein kleiner Wicht, du würdest so handeln, als wenn du nur zwei Zentimeter groß wärest. Und um das zu verhindern, bin ich hier." Kerry starrte den Meister lange an. Dann entriss sie Ruth den Ring und gab ihn Meister Sebastian in die Hand. „Woher willst du denn wissen. ob er gefälscht ist? Woher? Ich habe ihn zufällig hier im Keller gefunden, hinter diesem Mauerstein verborgen!" Sie schob mit dem Fuß einen Ziegelstein zur Seite. Dahinter befand sich ein kleiner Hohlraum in der Wand. „Du hast an vieles gedacht, meine Liebe, aber nicht an alles." Meister Sebastian ging um den Tisch herum. „Du hättest A, das Werkzeug besser verstecken müssen!" Er trat gegen eine Kiste und sofort sprang der Deckel auf. Zutage kam eine Lötlampe, eine Flasche mit Benzin und eine Wickeltasche mit diversen Feilen. „B, du hättest die Spuren beseitigen müssen!" Meister Sebastian rührte mit seinem Fuß in den goldenen Feilspänen auf den Fußboden herum. „Und C, du

142

hättest die richtigen Papiere klauen müssen! Dein größter Fehler war, du hast das falsche Papier mitgehen lassen. Dieses Papier, " er langte unter den Tisch, wo die Rolle versteckt lag, „dieses Papier ist nur für die Herstellung eines Ringes für einen Großmeister gedacht. Was ihr jedoch benötigt, ist ein Ring für Novizinnen. Da gibt es einen kleinen, aber feinen Unterschied. Ein Novizinnenring ist aus Silber und das Konterfei des erhabenen Columban ist mit schwarzem Japanlack hinterlegt. Ein Großmeisterring ist aber aus Gold, mit rotem Siegellack. Wenn du Latein könntest, hättest du es lesen können. Es steht nämlich groß und breit auf der Zeichnung. Und jetzt sieh, was geschieht!" Der Meister schloss die Faust um den gefälschten Ring und begann seine Finger zu bewegen, gerade so, als wenn man einen Zwieback zerbröselt. Und richtig, aus seiner geschlossenen Faust rieselte Goldstaub auf den Tisch, versetzt mit kleinen roten Stückchen von Siegellack. „Glaube ja nicht, dass ich nicht wüsste, was in diesem Hause geschieht. Deine Tricks und Machenschaften habe ich stets im Blick gehabt. Bis jetzt habe ich alles mit dem gütigen Blick eines erfahrenen Meisters mit angesehen. Aber du ziehst immer mehr Hexen mit in deine Intrigen hinein und damit in ihr Unglück. Sieh gut zu, was mit Minerva geschieht!" Der alte Meister griff hinüber zu Minervas Ohr und nahm ihre stattliche Goldmünze zwischen Daumen und

143

Zeigefinger. Er rieb ein bisschen an der Münze und sie wurde kleiner und kleiner und die Zauberkraft entwich immer mehr aus ihr. Gleichzeitig wuchs die Münze in Meister Sebastians Ohrring proportional um die gleiche Menge, wie die, um die Minervas schrumpfte. „Du bist jetzt wieder auf dem Status einer Anfängerhexe. Einer Hexe nach der Gesellenprüfung. Und ich verkünde es im ganzen Hexenreich: Wer Kerry mit illegalen Mitteln hilft, wird genau so gnadenlos degradiert, wie du jetzt, Minerva!" Minerva griff sich ans Ohr, stieß einen kleinen spitzen Schrei aus und verließ fluchtartig den Keller. Der Gögge schrumpfte förmlich in sich zusammen. Meister Sebastian nahm ihn nur kurz wahr, winkte ab und wandte sich wieder Kerry zu. „Leider stehst du für diese Woche unter Immunität und bist somit unantastbar. Ich kann dich nicht belangen, für all die Sachen, die du hier angestellt hast. Auch später nicht. Aber ich weiß zu verhindern, dass du mit unrechtmäßigen Mitteln arbeitest. Und ich weiß zu verhindern, dass du noch mehr Komplizen findest im anderen Reich! Nimm dich in Acht, Kerry. Nimm dich wirklich in Acht. Halte dich an die Regeln und alles ist gut. Das ist meine letzte Warnung an dich!" Meister Sebastian schnipste mit dem Finger und weg war er.
Kerry stürmte voller Wut an allen vorbei und verschwand im Kellergang. Der Troll Aalfred, tagsüber Hausmeister Gögge, wieselte unterwürfig

heran. „Verzeihen sie mir Herrin, verzeihen sie mir! Kerry hat mich gezwungen, diesen Ring herzustellen. Sie hat gedroht, mich zu entlassen, wenn ich ihr nicht gehorche. Ich wollte meine Stellung doch nicht verlieren!“ Ruth zog erstaunt ihre Augenbrauen hoch. „Wie kann Kerry sie entlassen? Sie hat sie doch nicht eingestellt. Oder?“ „Nein, nein, sie nicht! Aber ihre Frau Mutter, als sie umzog. Sie wollte unbedingt jemand von drüben, aus der anderen Welt, als Hauswart. Da hat Meister Sebastian mich empfohlen. Weil ich so zuverlässig bin! Aber Kerry hat gesagt, sie erzählt ihrer Mutter, dass ich nichts tauge auf diesem Posten. Dann wäre ich entlassen worden.“ Der Troll drehte seine Mütze verlegen zwischen den Händen. Irgendwie tat ihnen der arme Kerl leid. So unausstehlich, wie er als Hausmeister am Tage war, nachts als Troll wirkt er sehr klein und hilflos. Ruth winkte ab. „So leicht feuert meine Mutter keinen, glauben sie mir. Und nennen sie mich nicht Herrin. Die bin ich nun wirklich nicht!“ Der Troll buckelte unterwürfig. „Ja Herrin! Ich meine, nein, Herrin! Ich meine, nein, Frau Magus! Aber wieso ihre Mutter? Ich dachte das ist die Mutter von Frau Kerry?“ Ruth lächelte. „Auch, wenn sie es nicht glauben, wir sind Zwillingsschwestern. Glücklicher Weise zweieiig.“ „Was sie nicht sagen?“, staunte der Troll. „Das hätte ich nicht für möglich gehalten. Ein Unterschied, wie Tag und Nacht, Herr.., ich meine, Frau Magus. Wie

Tag und Nacht." „Ich will zu ihren Gunsten hoffen, dass ich der Tag bin!", scherzte Ruth. Der Troll wurde rot. „Selbstverständlich der Tag, Frau Magus, Selbstverständlich! Ein wohlduftender, strahlend warmer Sommertag, sozusagen!" Aalfred dienerte wieder heftig vor ihr herum. Ruth lächelte verlegen, aber auch etwas stolz. „Ich habe da auch etwas für sie, Frau Magus! Dafür, dass sie mir nichts nachtragen. In der Wohnung ihrer Frau Mutter muss ich ihnen etwas zeigen, was sie interessieren könnte. Etwas, was vielleicht sehr nützlich sein könnte für sie, auf der Suche nach dem Ring!" Jetzt spitzten alle die Ohren. „Sie wissen nicht zufällig, wo dieser Ring versteckt ist?" Ruth sah den Troll eindringlich an. Der buckelte wieder und drehte seine Mütze noch heftiger in den Händen. „Nein, leider nicht, Frau Magus. Leider nicht. Damit kann ich nicht dienen. Ihre Frau Mutter hat mich ja erst später eingestellt. Nachdem sie weggezogen sind. Aber die Sache in der Wohnung kann ihnen vielleicht weiterhelfen!" „Na, worauf warten wir denn noch?" Monia drängte sich an den anderen vorbei und zog Tom und Tabea mit sich.
In der geheimen Wohnung ging Aalfred schnurstracks in das ehemalige Schlafzimmer der alten Dame. Er blieb vor der Wand stehen, die gegenüber dem Fenster lag und deutete auf die verblichene Rosentapete. „Bitteschön!" „Toll!", rief Tabea aus. „Eine alte, schäbige Tapete! Die hat uns

noch gefehlt in unserer Sammlung. So eine wollten wir doch immer schon haben! Oder?" Sie sah zu Monia hinüber und stippte sich verstohlen mit dem Zeigefinger gegen die Schläfe. „Ach, ich vergaß!" Aalfred strich mit seiner borstige Pranke über die Wand. „Eine Hexentür! Ihre Frau Mutter hatte sich vorsorglich einen Zugang ins Hexenreich einrichten lassen. Direkt in ihr Heimatdorf. Ich glaube, der kann ihnen jetzt sehr von Nutzen sein, wo Meister Sebastian doch die anderen Türen versperrt hat." „Aalfred, sie sind ein Schatz! Ich könnte sie küssen!" Ruth umarmte den Troll. Der wollte vor Verlegenheit fast im Boden versinken. „Aber!", die Stimme der Hexe hob sich. „Ein Wort an meine werte Frau Schwester und ich sorge dafür, dass sie für die nächsten dreihundert Jahre einen Hausmeisterposten in der Antarktis bekommen. Klar?" Sie sah den Mann streng an. Der schrumpfte unter ihrem Blick schier zusammen. „Meine Lippen sind verschwiegen bis in alle Ewigkeit! Ich schwöre es bei dem Leben meiner drei Mütter!" Er hub die Hand zum Schwur. Ruth nickte versöhnlich. „Na ja, dann will ich ihnen mal glauben. Beim Leben von gleich drei Müttern muss es ihnen damit ja ernst sein." Der Troll buckelte wieder. „Wenn das alles war, was sie uns zeigen wollten, können sie jetzt gehen. Sie haben ja doch noch sicher andere Pflichten hier im Haus, oder?" „Andere Pflichten, hier im Haus! Selbstverständlich, Frau Magus!

147

Selbstverständlich!" Der Hausmeister katzbuckelte von dannen. Als die Wohnungstür ins Schloss fiel seufzte Ruth auf. „Na, den sind wir los! Er muss ja nicht alles mitbekommen, was wir hier zu besprechen haben." „ Wir haben was zu besprechen?", grinste Tabea. „Toll! Endlich mal was neues!" Monia stieß ihr in die Seite. „Sei doch nicht immer so vorlaut! Und vor allen Dingen, lass sie doch mal ausreden!" „Genau!" rief Ruh. „Lass mich doch mal ausreden! Also! Ich habe mir nämlich folgendes überlegt: Wenn wir schon eine private Hexentür zur Verfügung haben, können wir ja mal meine alte Freundin Jalila besuchen. Vielleicht kann die uns weiterhelfen. Der Name kommt übrigens aus dem Arabischen und heißt, vor der man Respekt hat. Ich habe sie zwar jahrelang nicht gesehen, aber vielleicht kann sie uns den einen oder anderen guten Rat geben. Einverstanden?" Tom nickte begeistert. „Ins Hexenreich? Klasse! Na klar! Nichts, wie hin!" Tabea zwinkerte Monia heimlich zu. „Och, Hexenreich. Ich weiß nicht. Muss das sein? Da kann man doch jeden Tag hin. Außerdem muss ich noch Hausaufgaben machen." Tom sah sie ungläubig an. Erst als Monia vor Lachen laut lospruste merkte er, dass er mal wieder auf Tabeas etwas seltsamen Humor hereingefallen war. Die beiden Mädchen hakten sich bei ihm unter und zogen ihn mit durch die Hexentür.

## 10. Jalila

Sekunden später betraten sie das andere Reich durch die Hexentür einer Ruine eines verlassenen Bauernhofes. Dort, am Dorfeingang, etwas hinter einer hohen Ligusterhecke verborgen, lag auch Jalilas kleine Bauernkate. Ruth steuerte direkt auf sie zu. „So, da wohnt meine Freundin. Die wird Augen machen, nach all den Jahren. Hoffentlich, ist sie auch zu Hause." Sie betraten die Hütte und sahen sich um. „Ist alles wie früher. Hat sich kein bisschen verändert.", stellte Ruth befriedigt fest. Überall hingen Bündel von getrockneten Kräutern von der Decke und standen Gläser mit Samen und Kräutertees herum. Die Kinder standen staunend auf der Diele und sogen tief den aromatischen Duft ein, den die Kräuter verströmten, als plötzlich hinter dem Haus ein lautes Gegacker und anschließend ein nicht weniger lautes Geschimpfe anhub. Einen Moment später öffnete sich die Hintertür und eine großgewachsene, blonde Frau trat ein, mit einem leblosen, blutenden Huhn auf dem Arm. „Aurelia!", rief sie überrascht aus. „Was machst du denn hier?" Sie legte das Huhn auf den Tisch und hob entschuldigend die Hände. „Ein Fuchs hat mal wieder in meinem Hühnerstall sein Unwesen getrieben und mein bestes Huhn erlegt. Einen Augenblick nur. Ich muss es nur mal schnell verarzten. Dann habe ich Zeit für euch!" Sie holte einen Tiegel mit Salbe aus einem der vielen Regale, legte sich das halbtote Tier in die Armbeuge und massierte ihm die Heilpaste vorsichtig in die Bisswunden ein. „So, das war`s!" Die blonde Hexe legte das Huhn vorsichtig zurück auf den Tisch, wusch sich schnell die Hände in einem Handstein und umarmte dann Ruth erst mal herzlich. „Aurelia, meine Liebe! Mein Gott, ist das lange her, dass wir uns das letzte Mal gesehen haben. Das muss hundert Jahre her sein! Sie trat einen Schritt zurück und betrachtete ihre Freundin von oben bis unten. „Aber verändert hast du dich überhaupt nicht! Nicht die Spur! Wie machst du das nur?" Sie zwinkerte Ruth schelmisch zu. Die hatte natürlich den kleinen Insidergag verstanden. Wer sonst, außer einer Hexe, sollte sonst über Mittelchen verfügen, um sich, zumindest über ein paar Jahrzehnte hinweg, jung zu erhalten. „Ach, ich bin ja so was von unhöflich! Bitte, nehmt doch Platz!", schalt sich Jalila auf einmal selbst. Mit einer einladenden Handbewegung wies sie auf ein breites Bett mit einer dicken Strohmatratze. Alle nahmen die Aufforderung an. Nur Monia sah sich interessiert in der Kate um. Jalila selbst setze sich im Schneidersitz auf einen der rustikalen Bauernstühle. In dem ganzen Tumult hatte niemand bemerkt, dass in der Zwischenzeit das schwerverletzte Huhn putzmunter vom Tisch gesprungen war und auf dem festgetreten Lehmboden nach Futter scharrte. Jalila

150

sah Monia aufmunternd an. „Hast du Lust, meine neue Patientin zu füttern? Die bleibt erst einmal ein paar Tage drinnen, damit sie sich auskurieren kann." Dieser angeordnete Stubenarrest schien dem Huhn aber nichts auszumachen. Es fühlte sich augenscheinlich sehr wohl hier in der Hütte, nachdem ihr das Mädchen reichlich Hühnerfutter hingestreut hatte. „Die ist aber schnell wieder munter geworden.", stellte Monia fest und roch an der Salbe. „Das hat ganz allein das bisschen Salbe bewirkt, dass du ihr vorhin auf den Hals geschmiert hast?" Sie war beeindruckt. „Ist das nur ganz gewöhnliche Kampfersalbe mit Salbei, oder hast du da einen Zauberspruch mit untergemischt?" Jalila nahm ihr den Tiegel mit der Heilsalbe aus der Hand und roch selber dran. „Nun, ganz gewöhnlich ist diese Salbe sicherlich nicht. Man muss schon eine Menge über Kräuter wissen und wo man sie finden kannst, um solch wirksame Salbe herzustellen. Magie ist aber keine dabei. Aber, dass du den Salbei herausgerochen hast, Donnerwetter. Respekt!" Jalila sah Monia erstaunt an. „Du scheinst Talent zu haben, junges Fräulein. Das können nur ganz wenige aus unserer Branche. Nutze deine Begabung. Ich hoffe, du willst einmal eine weiße Hexe werden, wie ich. Aber wie ich sehe, trägst du noch keinen Novizenring, gehörst also noch keinem Hexenzirkel an. Aber ich wette mit dir um einen viertel Liter Otternschweiß, dass es bald soweit ist.

151

Habe ich recht?" Tabea nickte. Tom entfuhr ein
„Bäh! Otternschweiß!" Ihre Gastgeberin lachte.
„Was heißt hier, bäh. Otternschweiß ist das
Allerbeste, um den Durst zu löschen. Wisst ihr was?
Ich lade euch zur Feier des Tages zu einer Runde
dieses edlen Getränkes ein! Einverstanden?" Die
Kinder verzogen ihre Gesichter. Bei Vorstellung, die
Transpiration eines Wassermarders trinken zu
müssen, krampften sich ihre Mägen zusammen.
Igittigitt! Pfui Spinne! „Auf jeden Fall!" Ruth lächelte
hintergründig. „Nichts ist so erfrischend, wie ein
Becher kühlen Otternschweißes." „Na, denn! Ich bin
gleich wieder da!" Jalila nahm einen Krug aus dem
Regal und verließ die Hütte durch die rückwärtige
Tür. Sofort waren die Kinder in heller Aufregung.
Monia allen voran. Sie stemmte ihre Hände in die
Seiten und funkelte ihre Mutter mit wütenden Augen
an. „Bist du denn wahnsinnig geworden? Wie
kannst du eine solche Einladung annehmen?
Glaubst du denn allen Ernstes, das ich auch nur
einen Schluck von diesem.....", sie schluckte
krampfhaft und zog eine Grimasse, „Nee, also,
ohne mich, werte Frau Magus! Das können sie sich
abschminken!" Ruth lächelte unschuldig. „Ich weiß
gar nicht, was ihr wollt? Ich habe in meinem Leben
schon so oft Otternschweiß getrunken und es hat
mir nie etwas geschadet. Außerdem erfordert es die
Höflichkeit, ein angebotenes Getränk nicht
abzulehnen. Also, keine Widerrede! Es wird

getrunken, was euch vorgesetzt wird. Damit basta!"
Bevor die drei Protest einlegen konnten, betrat
Jalila schon wieder die Hütte. Sie stellte den Krug
auf dem Tisch ab. Dann schenkte sie für jeden
einen großen Steingutbecher voll mit
Otternschweiß. „So, nun greift zu! Es ist für alle
genügend da!" Sie selbst ergriff einen Becher und
erhob ihn zu einem Toast. Die Kinder sahen Ruth
verstört an. Sollte sie es wirklich wagen, sie zu
diesem Getränk zu zwingen? Doch die hatte sich
ebenfalls einen der Becher gegriffen und wartete
auf den Trinkspruch von Jalila. „Auf die
Hexenkunst!" Ihre Gastgeberin nickte den Kindern
aufmunternd zu und leerte ihren Becher in einem
Zug. Ruth rief auch: „Auf die Hexenkunst!" und trank
ihren Otternschweiß ebenfalls auf ex. Tabea drehte
es den Magen um. Monia musste jetzt schon
würgen, nur Tom schnupperte an seinem Getränk.
Dann stippte er den Zeigefinger hinein und probierte
vorsichtig die klare Flüssigkeit. Er schnalzte
genießerisch mit der Zunge und leckte sich dann
die Lippen. „Gar nicht so übel, dieser, wie heißt das
Getränk noch gleich? Ach ja, richtig! Otternschweiß.
Könnte ein klein wenig kühler sein, aber nicht
schlecht. Wirklich nicht schlecht." Die Mädchen
sahen ihn an, als hätte er urplötzlich den seinen
Verstand verloren. Als der Junge dann seinen
Becher auch noch in einem Zug leer trank,
verstanden sie die Welt nicht mehr. Monia hielt sich

den Bauch. Nichts in dieser Welt könnte sie dazu veranlassen, diese Flüssigkeit über ihre Lippen zu bringen. Jetzt schnupperte auch Tabea an ihrem Becher. Dann sie nippte vorsichtig daran, zuckte sie mit der Schulter und prostete mit einem Seufzer Jalila zu. „Wenn es denn sein muss." Mit Todesverachtung in der Miene stürzte sie das Getränk hinunter und schaute dann ihre Cousine unschuldig an. „Ist gar nicht so schlimm, wie es im ersten Augenblick scheint. Du wirst es schon überleben. Glaub mir." Jetzt wurde Monia misstrauisch. Irgendetwas stimmte da nicht. Tabea war doch sonst so krüsch, wie man in Hamburg zu sagen pflegt, wenn jemand mit Essen und Trinken heikel ist. Sieh sah von einem zum anderen. Das verdächtige Blitzen in den Augen ihrer Freunde ließ in ihr einen leisen Verdacht aufkeimen. Sollte sie hier auf die Rolle geschoben werden? Wollte man sie veräppeln? Zögernd roch sie an der hellen Flüssigkeit. Dann nippte auch sie. „Das ist ja Wasser!" Empört stampfte sie mit dem Fuß auf. Jetzt platzte die ganze Bande los vor Lachen. Besonders Tom konnte sich nicht mehr einkriegen. Er ließ sich rittlings auf die breite Strohmatratze fallen und wälzte sich vor Lachen hin und her. Monia wurde rot vor Scham, weil sie die Letzte war, die kapiert hatte, was Otternschweiß ist. „Und du hast das die ganze Zeit gewusst?" Empört funkelte sie ihre Mutter an. Die nickte nur und wischte sich die Lachtränen aus den Augenwinkeln. Als Monia das tränenfeuchte Gesicht ihrer Mutter sah, musste auch sie grinsen. „Was soll`s?" Sie nahm einen herzhaften Schluck und musste erstaunt feststellen, dass es das köstlichste Quellwasser war, das sie je getrunken hatte. „Und wieso nennt ihr das Otternschweiß?", fragte Monia, als sie den Becher geleert hatte. „Na ja, "erklärte ihr Ruth, "das haben unsere Mütter schon so genannt. „Otternschweiß, Gänsewein, Eskimoflip, es gibt etliche von Scherzbegriffe für Wasser. Für uns Kinder war es damals eben etwas Besonderes, Otternschweiß zu trinken. Nicht eben nur schnödes Wasser."

Jalila füllte die Becher noch einmal auf. „Und jetzt sag, Monia! Wann trittst du dem Hexenzirkel bei? Du musst ja bald dreizehn werden, oder?" Jalila sah das Mädchen fragend an. Monia wurde rot. Wie sollte sie einer Hexe erklären, dass sie keine Hexe werden will. Ruth sprang ein. „Das ist so! Monia und Tabea haben am gleichen Tag Geburtstag und sind verwandt." Jalila hob die Hand. „Ich ahne schon. Die Sache mit dem Ring. Oder?" Ruth nickte. „Meine Mutter hat ihn irgendwo im Haus versteckt und wir müssen ihn unbedingt finden. Wenn Kerry ihn in die Hände bekommt, au weia!" Jalila nickte bedächtig. „Und jetzt wolltet ihr mich um Rat fragen. Ich verstehe. Aber da muss ich euch leider enttäuschen. Ich darf euch da in diesem Fall nicht weiterhelfen. Ich kann euch noch nicht einmal erklären, warum. Aber glaubt mir, in ein paar Tagen werdet ihr es verstehen." Ruth nickte enttäuscht. „Aber einen Tipp kann ich dir doch geben. Denk an dein Lieblingsmusical und denk an Spanien. Vielleicht hilft dir das weiter." Ruth war verwirrt. „Du weißt noch, was mein Lieblingsmusical ist?", staunte Ruth. „Ich bin beeindruckt!" Jalila lachte. „Ich kann mich an mehr erinnern, als du ahnst. Schließlich waren wir ja mal die besten Freundinnen. Auch wenn es lange her ist. Trotzdem. In diesem speziellen Fall kann ich dir leider nicht weiterhelfen. Aber in ein paar Tagen wirst du wirklich alles verstehen. Hab nur Geduld!" Ruth erhob sich und gab Jalila die Hand. „Ich bedanke mich für deine Gastfreundschaft und für den köstlichen Otternschweiß. Auch, wenn du mir nicht weiter helfen konntest, es war schön, dich mal wieder zu sehen. Und jetzt möchte ich dich ganz offiziell zur Einschulungsfeier in den Hexenzirkel einladen. Denn eins ist ja schon mal klar. Eine von meinen Mädchen wird das Rennen machen. Es ist nur leider noch nicht raus, wer." Jalila umarmte ihre Freundin herzlich. „Ich nehme deine Einladung herzlich gerne an. Ich werde auf jeden Fall dabei sein!"

Zurück in ihrer Wohnung knurrte Monia auf einmal laut und vernehmlich der Magen. „Otternschweiß alleine macht wohl auch nicht satt.", stellte sie

lakonisch fest. Ruth nickte. „Hat sonst noch jemand Hunger?" Tom und Tabea rissen ihre Arme hoch. „Da hilft nur eins! Pizzadienst!" Ruth griff nach dem Telefon. Tabea legte schon mal die Servierten bereit. „Was hat den Jalila mit deinem Lieblingsmusical gemeint?" fragte sie, als Ruth die Bestellung aufgegeben hatte. „Mein Lieblingsmusical ist die „My fair Lady". Und die einzige Stelle, wo Spanien darin vorkommt, ist in „Es grünt so grün, wenn Spaniens Blüten blühen". Ruth legte die CD ein und spielte ihnen das Lied vor. „Viel weiter bringt es uns auch nicht.", sinnierte Tom, als das Lied zu Ende war. „Was ist denn nun die Hilfe? Hat das Versteck jetzt was mit Spanien zu tun. Oder mit einer Blüte? Oder ist es nur schlicht und einfach grün?" Monia warf sich in den Sessel. „Bevor ich nicht mindestens eine Pizza Funghi intus habe, weigere ich mich, zu denken! Basta!"
Die Pizza war lecker, die Bäuche gefüllt und die Kinder hingen träge in Monias Zimmer herum. Tabea wurde es zu langweilig. „Ist euch eigentlich mal aufgefallen, dass wir in der ganzen Hektik noch gar nicht dazu gekommen sind, das Haus nach dem Versteck des Ringes zu durchsuchen? Wir haben doch jetzt einen Hinweis mehr. Wir sollten uns endlich mal auf den Weg machen und das Haus durchsuchen. Vielleicht finden wir ja etwas spanisches, oder eine Blüte, oder so." Monia legte sich die Hände auf den Bauch und rülpste

verhalten. „Damit hättest du kommen sollen, bevor ich diese opulente Pizza in mich eingezwängt habe. Frag in zwei, drei Stunden mal wieder nach." Tom meinte nur träge: „Ich schließe mich kommentarlos den Worten meiner Vorrednerin an." So machte sich Tabea schließlich allein auf den Weg. Beim Essen hatte sie den Plan gefasst, das Haus einmal systematisch zu durchsuchen. Vom oben bis unten. Sie beschloss, auf dem Dachboden mit der Suche zu beginnen.

Die Tür quietschte leise, als sie den Hängeboden betrat. Ihre Augen mussten sich erst an das Dämmerlicht gewöhnen. Rechts und links Maschendrahtverschläge, in denen die Mieter ihre nicht mehr benötigten Sachen lagerten. Ganz hinten der große Wäschetrockenverschlag. Hier war nichts, was auf ein Ringversteck hinweisen könnte. „Das Versteck muss ja frei zugänglich sein, damit jeder von uns uneingeschränkt daran kommen kann", überlegte Tabea. Sie wollte sich gerade zum Gehen wenden, als sie über sich ein leises Kichern hörte. Erschrocken sah sie hoch. Mitten im Gebälk saßen drei Frauen. Ganz locker und leger baumelten sie mit den Beinen und winkten dabei Tabea fröhlich zu. Das Merkwürdige an den drei Damen war, dass sie seltsam blass und durchsichtig schienen. „Hallo, Kleine!" Die mittlere der Gestalten winkte Tabea zu. „Ich bin Mechtild!" Sie lachte. „Und das sind Brunhilde und Hedwig!"

158

Tabea starrte erschrocken zu den drei Gestalten hinauf. „Wir sind die guten Geister des Hauses." „Hallo! Ich bin Tabea." stellte sie sich vor. „Ich wohne im zweiten Stock." „Das wissen wir.", kicherte Mechthild. „Wir wissen alles, was sich hier in unserem Haus zuträgt. Alles!" Die drei Geister schwebten hinunter zu Tabea. „Entschuldigt bitte, dass ich euch so anstarre. Aber ihr seid die ersten Hausgeister, die ich zu sehen bekomme. Hat jedes Haus seinen guten Geist?" „Nein, nein!" Mechtild ergriff wieder das Wort. „Gute Hausgeister gibt es ziemlich selten. Die Stellen sind rar gesät. Wer ein guter Hausgeist wird, bestimmt die Hexenkommission. Wir, zum Beispiel, haben dieses Haus zugewiesen bekommen, weil wir hier, genau an dieser Stelle, sechzehnhundertneunundsiebzig zu Unrecht als Hexen auf dem Scheiterhaufen verbrannt wurden. Unserer gieriger Nachbar, ein reicher Müller, hat uns bei der Obrigkeit angeschwärzt, Hexen zu sein, weil er unseren großen Hof an sich bringen wollte. Ein Gehöft, das den Ruf weg hat, ein Hexenhof zu sein, will dann niemand mehr haben. So hat er es für ein Appel und ein Ei bekommen." „Ja!", warf Brunhilde ein. „Der brauchte ja auch keine Angst vor der schwarzen Magie zu haben. Wusste er doch ganz genau, dass wir keine Hexen sind!" „Und weil wir ohne kirchlichen Segen gestorben sind und unsere Asche in alle vier Winde verstreut wurde, sind wir

nun Geister bis in alle Ewigkeit!", erklärte Hedwig.
Tabea war entsetzt. „Bis in alle Ewigkeit? Das ist
aber eine verdammt lange Zeit! Gibt es denn da gar
keine Möglichkeit, dass ihr einmal erlöst werdet?"
„Eine winzige Chance haben wir schon.", fuhr
Hedwig fort. „Wenn hier, auf diesem Grundstück,
irgendwann einmal ein Friedhof oder eine Kirche
entstehen würde, wären wir endlich auf geweihtem
Boden und somit erlöst. Aber das kann dauern." Sie
zuckte bedauernd, aber lächelnd, mit den Schultern.
„Das tut mir so schrecklich leid, dass man euch das
angetan hat!" Tabea hatte wirklich Mitleid mit den
drei Frauen. Denen aber schien es gar nicht so viel
auszumachen, so fröhlich, wie sie einher kamen.
„Der Müller soll in der Hölle schmoren! Tausend
Jahre und mehr!" Wütend sprach Tabea den Fluch
aus. „Die drei Geister lachten. „Das wird vorerst
nicht möglich sein! Der ist Hausmeister hier und fegt
gerade draußen den Hof!" Brunhilde wollte sich
schier ausschütten vor Lachen. „Ihr meint..." Tabea
war baff. „Ihr meint, der Troll, ich meine, Aalfred, ich
meine, Herr Gögge ist der Müller, der euch
angezeigt hat?" Die drei nickten heftig. „Aber
wie....?" Sie war sprachlos. „Ganz einfach!"
Brunhilde drängte sich nach vorne. „Der Hexenrat
hat bis jetzt noch niemand ungestraft gelassen, der
jemanden als Hexen denunziert hat. Alle haben sie
ihre gerechte Strafe bekommen! Alle!" „Ja.", ergriff
Hedwig das Wort. "Und der ehrenwerte Herr Gögge

wurde nach seinem Tod vom Hexenrat dazu verurteilt, tausend Jahre lang tagsüber ein Mensch zu sein und nachts ein Troll. So hart sind hier die Gesetze!" Tabea fiel etwas ein. „Mechtild, du hast doch gesagt, ihr wisst alles, was sich hier in diesem Haus ereignet. Wisst ihr denn auch, wo der Ring des Columban versteckt ist? Meine Großmutter hat ihn hier versteckt. Am dreizehnten Tag nach unserer Geburt." „Natürlich wissen wir, wo der Ring ist. Wir wissen doch alles, was in diesem Haus geschieht. Uns entgeht nichts!" „Dann könnt ihr mir ja das Versteck verraten! Dann hat die Sucherei endlich ein Ende!" Tabea war hoch erfreut. „Da müssen wir dich leider enttäuschen. Meister Sebastian hat uns strengstens verboten, auch nur irgendetwas in dieser Richtung auszuplaudern. Er hat gedroht, uns sonst zu den Eskimos zu schicken. Und Hausgeist in einem Iglu? Brrrrrrrrr!" Sie schüttelte sich bei dieser Vorstellung. Tabea lachte. „Ein kälteempfindlicher Geist? Ist ja komisch!" „Was ist denn daran komisch?" empörte sich Brunhild. „Entschuldige, ich wollte euch nicht zu nahe treten. Ich dachte nur, Geister können nicht frieren." Sie hob entschuldigend die Hände" Brunhilde winkte ab. „Na ja. Du hast ja Recht. Frieren tun wir natürlich nicht mehr. Es sind auch nur mehr die Erinnerungen an die kalten Winter von damals." „Hunger und Durst haben wir natürlich auch nicht mehr", mischte sich Hedwig ein. Sie strich sich über ihren Bauch.

161

„Was ich, offengestanden, manchmal auch etwas vermisse." „Na, egal, ihr drei, ich muss jetzt mal weitersuchen nach dem Ring. War nett, euch getroffen zu haben!" Tabea wandte sich zum Gehen. „Wenn wir die auch nicht weiterhelfen konnten", rief Mechtild dem Mädchen zu, „eins können wir dir aber doch Versprechen. Solange wir hier Hausgeister sind, steht ihr alle unter unserem Schutz. Wir werden alles dafür tun, um Unbill und Sorgen von euch fern zu halten. Großes Geisterehrenwort!" Die drei schwebten wieder in das Gebälk hinauf und winkten ihr von dort aus mit ihren Taschentüchern zu. Tabea war richtig gerührt über so viel Gutherzigkeit. Als sie ihren Freunden von dieser Begegnung berichtete, war ihr immer noch ganz seltsam zu Mute.

## 11. Am Ziel

Tom und Monia konnten sich an diesem Morgen gar
nicht so richtig auf den Unterricht konzentrieren.
„Tabea hat es gut. Die sitzt zu Hause und frühstückt
gerade gemütlich, oder zieht mit den drei Geistern
durchs Haus, während wir hier rumsitzen und uns
die Zeit auf den Nägeln brennt." Monias Gedanken
waren mehr zu Hause bei Tabea und dem
versteckten Ring, als bei dem Text über die
Krönung Karl des Großen. Die Stunden zogen sich
länger hin, als Tabeas Kaugummis es je sein
würden.
Endlich, die letzte Stunde. Musik. Herr Puschke
kam herein, stellte seine Aktentasche aufs Pult und
holte einen Stapel Papier heraus. „Weitergeben."
Das Mädchen in der ersten Bankreihe nahm sich
den obersten Zettel und gab den Stapel an ihre
Banknachbarn weiter. Auf dem Zettel stand der Text
der Hamburg- Hymne.

Stadt Hamburg an der Elbe Auen

Stadt Hamburg an der Elbe Auen,
wie bist du stattlich anzuschauen,
mit deiner Türme hoch Gestalt
und deiner Schiffe Mastenwald.
Heil über dir, heil über dir
Hammonia, Hammonia,

oh, wie so herrlich stehst du da!

Reich blühet dir auf allen Wegen
des Fleißes Lohn, des Wohlstands Segen
Soweit die deutsche Flagge weht,
in deren Hamburgs Namen steht.
Heil über dir, heil über dir
Hammonia, Hammonia,
oh, wie so herrlich stehst du da!

Tom las den Text und sofort stach ihm das Wort
„Hammonia" ins Auge. Er meldete sich. „Herr
Puschke, ich habe da mal eine Frage!" Der Lehrer
hatte es sich auf seinem Pult bequem gemacht. „Ja
bitte, Tom. Eine Frage zum Text?" „Ja, glaube, dass
ich einen Druckfehler entdeckt habe. Heißt das
nicht eigentlich Harmonia, so wie die griechische
Göttin der Eintracht?" „Oho! Da hat sich jemand
gebildet!" Herr Puschke war erstaunt. „Hast du
Interesse an der griechischen Mythologie, oder
woher weißt du das? Aber ich muss dich
enttäuschen. Das Wort ist schon richtig
geschrieben. Genau, wie Köln auf lateinisch Colonia
heißt, wird Hamburg in dieser alten Sprache
Hammonia genannt. Das hat mit der Göttin der
Eintracht nichts zu tun. Was aber nicht heißen soll,
das sich Hamburgs Bürger gegenseitig die Köpfe
einschlagen. Auch in unserer Stadt herrscht eine

gewisse Harmonie. Sonst noch jemand Fragen zum Text? Nein? Dann können wir ja anfangen. Wie ihr wisst, kommt nächste Woche der Oberschulrat in unsere Schule und unsere Klasse ist dafür ausgesucht worden, für ihn die Hamburg- Hymne zu singen. Und das wollen wir jetzt proben." Er setzte sich ans Klavier und begann zu spielen. Die Kinder fielen langsam mit dem Text ein. „Na bitte, geht doch. Und jetzt ein wenig lauter, wenn ich bitten darf." Herr Puschke spielte das Lied noch einmal und diesmal sangen die Kinder schon etwas selbstbewusster mit. Nach der vierten oder fünften Wiederholung klang es schon es schon sehr harmonisch. Dann klingelte es zum Unterrichtsende. Im allgemeinen Aufbruch rief der Lehrer Monia zu sich heran. „Monia, ich habe die ganze Zeit auf dich geachtet. Ich finde, du hast eine außergewöhnlich gute Stimme. Kannst du noch etwas hier bleiben? Gleich fängt das Casting für unser Musical an. Wir wollen hier die „My fair Lady" aufführen und ich finde, du würdest eine hervorragende Eliza Doolittle abgeben. Nun, Was hältst du davon?" Monia sah Tom fragend an, der sich zu ihr gesellt hatte. „Eigentlich habe ich gar keine Zeit für so etwas. Obwohl, ich würde da schon ganz gerne mitspielen. Das ist nämlich das Lieblingsmusical meiner Mutter. Und ich als Eliza? Das wäre phantastisch! Kann ich das mal eben noch kurz mit Tom besprechen?" Herr Puschke lachte. „Oho, so jung und schon einen Manager? Hoffentlich redet er dir gut zu. Bei deiner Stimme. Ich ziehe mich jetzt mal kurz zurück. Dann seid ihr ungestört."

Der Musikraum hatte sich inzwischen geleert und die beiden waren allein. „Ich möchte ja schon ganz gerne, aber der Ring!" Monia sah Tom verzweifelt an. Der beruhigte sie. „Ich glaube nicht, dass das Casting länger, als eine Stunde dauern wird. Wir können Herrn Puschke ja bitten, dass er dich zuerst dran nimmt. Dann bist du bald zu Hause. Und am Sonntag ist ja eh alles vorbei mit dem Ring. So, oder so. Ich setz mich derweil zu Hause an den Computer und versuche etwas über „Hammonia" herauszufinden. Okay?" Monia lächelte erleichtert. „Okay! Dann, bis nachher." Tom winkte kurz zum Abschied und als er den Raum verließ, kamen ihm schon die ersten Schüler entgegen, die hier auf die Bretter wollten, die die Welt bedeuten.

Als Tom nach Hause kam, war seine Mutter gerade aufgestanden. Der lange Nachtdienst stand ihr noch ins Gesicht geschrieben. „Na, mein Sohn. Wie lief es in der Schule?" „Monia muss noch da bleiben. Zum Casting." Tom nahm sich sein Mittagessen und eine Flasche Brause aus dem Kühlschrank und stellte den Teller mit dem Essen in die Mikrowelle. „Ich dachte, sie wollte die Rolle als Hexe nicht spielen!" Tom verschluckte sich beinahe vor

166

Schreck beim Trinken. Was wusste Mutter über die Hexen? Doch dann fiel ihm ein, dass es ja Monias Ausrede gewesen war, dass sie beim Theater die Rolle nicht spielen wolle, als seine Mutter rein kam und ihr Gespräch über die Hexen mitbekommen hatte. Dass es sich da um ihre Nachbarinnen handelt, war ihr offenbar nicht klar geworden. „Nicht so hastig, nicht so hastig! Es nimmt dir keiner etwas weg!" Seine Mutter klopfte ihm auf den Rücken. Plink! Die Mikrowelle meldete sich und bewahrte Tom vor der Antwort. Er nahm sich seinen Teller mit dampfenden Spagetti und setzte sich damit an den Esstisch. „Du machst doch die beste Bolognese in ganz Hamburg, meine allerbeste Mutter!" „Ich dachte, das wären die Frikadellen?" flachste die. „Nein, das sind die besten der Welt! Aber deine Bolognese sind die besten Hamburgs." „Na, dann bin ich ja beruhigt. Im Übrigen gehe ich heute Abend etwas früher zum Dienst. Ich will vorher noch zu einer Kollegin. ihr beim Gardinenaufhängen helfen. Die ist nicht ganz schwindelfrei. Aber ich kann dich ja alleine lassen. Du bist ja schon fast erwachsen und hast oft genug bewiesen, dass man sich auf dich verlassen kann, nicht?" „Fehlt nur noch, dass sie mir mit den Fingern durch das Haar streicht.", dachte Tom und richtig, in der gleichen Sekunde fuhr ihm seine Mutter von hinten durch den blonden Schopf. Tom seufzte und drehte sich zu ihr um. Dann stand er auf, nahm er seine Mutter in den Arm und drückte sie. „Aber auf mich ist doch immer Verlass, oder?" Er schaute seiner Mutter tief in die Augen. Gleichzeitig dachte er: „Wenn du wüstest. Liebe Mutter. wenn du wüstest. Du würdest mich hier eher lebendig einmauern, bevor du mich jemals wieder zu Monia und Tabea gehen ließest!"

Tom brütete über den Hausaufgaben. „Stadt Hamburg an der...... . Das Lied ging ihm wieder und wieder durch den Kopf. Hammonia! „Mal sehen, was der Rechner dazu sagt." Er tippte das Wort in die Suchleiste ein und siehe da, zweihundertsechsunddreißigtausend Ergebnisse. „Na Prost Mahlzeit! Das wird ein langer Abend!" Nach einer Stunde intensiven Lesens und Forschens lehnte er sich frustriert zurück. „Stehst du vor den Toren Hammonias, schlage das Kreuz." Tom beschloss, sich das Wappen Hammonias noch einmal genauer anzusehen. Er tippte „Hamburger Wappen" ein und klickte auf „Bilder". Er überlegte. „Stehst du vor den Toren, bedeutet, dass man vor dem Stadttor steht. Logisch! Aber Stadttore gibt es heute nicht mehr. Das entfällt also. Aber wie soll man vor den Toren stehen, wenn es keine mehr gibt?" Ihn brummte der Schädel. Seine Finger drehten das Scrollrad der Maus. Hamburger Wappen. Hamburger Wappen in allen Formen und Variationen. Groß, klein, auf Bechern, Fahnen und Kugelschreibern, auf T-Shirts und Zahnbürsten, auf

Regenschirmen und sogar Unterhosen. Plötzlich stoppte er. Da war ein Bild von einem Hamburger Wappen, ganz mit Grünspan bedeckt. Ein grünes Wappen! Es grünt so grün, wenn Spaniens Blüten blühn!" Jetzt kam ihm auch wieder die „My fair Lady" in den Sinn. Er hatte so ein grünes Wappen schon irgendwo einmal gesehen. Er wusste es. Gleich, gleich würde es ihm einfallen. Seine Gedanken fuhren Achterbahn. Er kam sich vor wie ein Huhn, das ein Ei legen will und nicht kann. Tom sprang auf und presste sich die Fäuste gegen die Schläfen. „Ich habe es doch schon gesehen! Ich habe es doch hier schon einmal gesehen! Aber wo? Wo?" Plötzlich wurde es ihm klar! Die Betonung lag auf „hier"! Hier, im Hause, also! Hier, im Hause! Tom schrie auf. „Jjjjjjjjjjja!" Er machte die Beckerfaust, sprang in die Luft und trommelte mit den Händen auf den Schreibtisch. Natürlich! Das Stuckwappen vor der geheimen Wohnung! Mit grüner Farbe überpinselt! Das muss es sein!! Er schnappte sein Schlüsselbund und lief zu Tabea hinüber. „Ist Monia schon da?" Tabea fiel auf, wie aufgeregt Tom war. Sie betrachtete ihn forschend von oben bis unten. „Ist was mit dir? Vielleicht an einem Fliegenpilz gelutscht? Oder von irgendeiner Kräutersammlung genascht? Geht`s dir gut?" Sie sah ihn misstrauisch an. „Sag nicht etwa, du hast die Lösung!" Tom nickte aufgeregt. „Kann ja wohl nicht wahr sein! Bist du sicher!" Tom schüttelte

169

grinsend den Kopf. „Nicht ganz. Ich glaube, ich habe die Lösung. Aber die werde ich erst verraten, wenn alle dabei sind. Wo ist Ruth?" „Unten im Laden und baut Regale auf." „OK! Ich rufe Monia an und du holst Ruth hoch. Klar?" Tabea nickte nur und war schon aus der Tür. Tom lief in seine Wohnung hinüber und hörte sie noch nach unten laufen. „Na, das sind mindestens drei Stufen auf einmal!" Irgendwie bewunderte er dieses quirlige Mädchen. Monia war gleich am Handy. „Hat etwas länger gedauert, aber ich bin schon auf dem Heimweg." entschuldigte sie sich gleich. „Das macht nichts. Hauptsache ist, du beeilst dich jetzt. Ich glaube, ich habe die Lösung!" „Nein!" schrie Monia. „Bist du sicher?" „Nicht ganz, aber ich glaube, ich bin auf dem richtigen Weg. Deshalb brauch ich ja eure Hilfe. Also! Beeil dich!"

Die vier standen im obersten Stockwerk vor dem Wappen. „So, nun spann uns nicht länger auf die Folter!" Ruth stand da, die Arme vor der Brust verschränkt, wippte ungeduldig mit dem Fuß und sah nicht sehr begeistert aus. Sie hasste es, so urplötzlich von der Arbeit weg geholt zu werden. Tom stellte sich vor das Wappen. „Stehst du vor den Toren Hammonias, schlage das Kreuz!" Seine Stimme klang pathetisch. „Nun, ich glaube, da ihr ja alle katholisch seid und die Großmutter es auch ist, muss eine von euch das Kreuz schlagen. Wie ihr es in der Kirche macht. Hier vor dem Wappen." Er deutete das christliche Zeichen an, wie er es vom Fernsehen her kannte. Monia trat an das Wappen heran und betastete es. „Und du meinst, das funktioniert? Du meinst wirklich, dass in dem Wappen der Ring verborgen ist und wenn wir uns davor bekreuzigen, paff, zerspringt das Teil und der Ring des erhabenen Columban liegt uns zu Füssen? Krass!" Tabea rümpfte leicht die Nase. „Dann bräuchten wir ja eigentlich nur einen Hammer zu nehmen, um das hässliche Gipsdings von der Wand zu kloppen. Wozu also das ganze Brimborium?" Jetzt mischte sich Ruth ein. „Erstens glaube ich, wie ich meine Mutter kenne, dass sie dieses Wappen vor mechanischen Einflüssen mit einem Zauber geschützt hat, falls der Ring da drin sein sollte, und zweitens," sie sah bedeutungsvoll in die Runde und stellte sich genau vor das Wappen, „und zweitens, warum versuchen wir es nicht einfach?" „Was versuchen?" Die Stimme Kerries ließ das Quartett herumfahren. „Kann mir jemand erklären, was diese Versammlung hier soll?" „Die meinen, dass sie sich nur bekreuzigen müssen und dann fällt das Wappen von der Wand und paff, liegt der Ring ihnen zu Füssen, Herrin!" Aalfred schälte sich aus dem Schatten der Nische zur Dachbodentür. „Schleimer!" Plop! Tabea ließ empört ihr Kaugummi platzen. „Na, da bin ich ja gespannt!" Kerry versuchte, sich unauffällig zwischen Ruth und dem Wappen zu schieben. „Halt!" Ruth hob die Hand. „Versuche ja nicht, zuerst das Kreuz zu schlagen! Wir waren schneller, als du. Versuche keine deiner miesen Tricks. Du stellst dich da zu Aalfred. Ihr beide passt hervorragend zusammen. Und denke dran! Ich habe immerhin meine volle Zauberkraft und es würde mir sehr leid tun, wenn ich einen Bannkreis um dich legen müsste!" Sie wies mit dem ausgestreckten Arm zu dem Troll hinüber und Kerry fügte sich. Widerwillig zwar, aber sie gehorchte. Ruth stand mit pochendem Herzen vor dem Wappen. Sie schloss die Augen, machte einen Knicks und bekreuzigte sich. Atemlose Stille. Aber nichts geschah. Sie öffnete ihre Augen und das Wappen hing nach wie vor an seinen Platz. Unbeschädigt und unverrückt wie eh und je. Kerry lachte im Hintergrund schadenfreudig und auch Aalfred gab sein, an das Meckern einer tuberkulösen Ziege erinnerndes, Gekicher dazu. „Ich versteh das nicht!" Tom war verstört. Hast du auch alles richtig gemacht?" Ruth sah ihn mit funkelnden Augen an. „Hallo? Wir kommen aus Paderborn! Katholischer geht es gar nicht mehr! Wenn du es da nicht lernst, wie man sich bekreuzigt, lernst du es nie!" Tom zog den Kopf ein. Was war an seiner Überlegung falsch? Hatte er sich so vergaloppiert? Hatte er sich so auf diese Lösung versteift, dass es etwas Wichtiges übersehen hatte?

Stehst du vor den Toren Hammonias, schlage das Kreuz. Er ging einen Schritt zurück und betrachtete das Wappen noch mal genau. Da war die Stadtmauer mit dem großen Tor. Darauf rechts und links die beiden Türme mit je einem Stern über den Zinnen. Und dann in der Mitte der Turm mit dem Spitzdach und dem Kreuz! Natürlich! Was ist, wenn man den Spruch wörtlich nimmt und einfach nur auf das Kreuz schlagen muss? Er sprang vor und schlug mit der flachen Hand auf das Kreuz. „Was soll der Blödsinn denn?" Tabea sah ihn stirnrunzelnd an. „Na, ich nehme den Spruch wörtlich. Ich schlage das Kreuz!" Tabea stippte sich an die Stirn. „Und du meinst, das nutzt was?" „Und im Übrigen, " fiel Monia ein, „wenn es überhaupt etwas bewirken soll, kann es sowieso nur eine Hexe tun oder jemand, der mit ihr verwandt ist. Du aber bist ein Sterblicher!" Im gleichen Augenblick, wie sie das gesagt hatte, schrie Kerry leise auf und sprintete aus dem Stand heraus mit erhobener Hand auf das Wappen zu. Sie stieß Ruth und Monia unsanft bei Seite und war nur noch einen einzigen Schritt von dem Kreuz entfernt, als sie strauchelte, vornüber fiel und statt des Kreuzes nur der Wand einen Schlag verpasste. Ruth schleuderte geistesgegenwärtig eine Feuerkugel in Richtung ihrer Schwester. Sie hatte nach der Attacke von Minerva dazugelernt und trug jetzt stets die geeigneten Mittel bei sich, um sich verteidigen zu können. Der Feuerball sollte nur eine Warnung sein. Eine Warnung, die Kerry wohl verstanden hatte. Sie hockte auf dem Boden, sah Ruth hasserfüllt an und rieb sich die Knie, auf die sie bei dem Sturz gefallen war.

Tabea grinste wohlgefällig, stieg über die Beine ihrer Mutter hinweg und gab dem Kreuz im Wappen triumphierend einen spielerischen Klaps. Sofort zersprang das Stuckwerk mit einem lauten Knall in einem grellen Funkenregen und war verschwunden. Nur auf dem Boden kollerte der Ring des erhabenen Columban und blieb direkt vor Ruths Füßen liegen. Die bückte sich schnell, als sie Kerries gierigen Blick sah, die noch immer auf dem Fußboden saß. Tabea reichte ihrer Mutter die Hand und zog sie hoch. Kerry sah ihre Tochter mit wutverzerrtem Gesicht an, stampfte mit dem Fuß auf den Boden, drehte sich um und verschwand fluchend und humpelnd im Treppenhaus.

Den anderen wurde jetzt erst richtig bewusst, was geschehen war. Sie waren im Besitz des Ringes! Und Tabea musste endlich keine Angst mehr haben, eine schwarze Hexe zu werden. Monia musste überhaupt keine Hexe werden und Ruth, beziehungsweise Aurelia, hatte eine würdige Nachfolgerin bekommen.

Nach einem ausgiebigen Freudentanz beschloss Ruth: „Jetzt aber ab in den Keller, den Ring bei

Meister Sebastian abgeben." Sie strahlte und schwang das lang gesuchte Objekt über ihren Kopf. „Ich komme gleich nach!" Tabea winkte den dreien hinterher, die im Triumphmarsch dem Meister Sebastian ihren Schatz präsentieren wollten. Sie öffnete die Tür zum Dachboden und spähte in das Dämmerlicht hinein. Wo waren die guten Hausgeister Mechtild, Brunhilde und Hedwig? Keine der drei lustigen Damen war zu sehen. Sie ging weiter im Schummerlicht den Gang entlang. „Hallo! Seid ihr da? Mechtild? Brunhilde! Hedwig!" Auf einmal kicherte es hinter ihr. Tabea drehte sich um und vor ihr stand das lustige Dreigespann aus der Geisterwelt. „Ich wollte euch nur Bescheid sagen, dass wir den Ring gefunden haben. Dank Toms Hilfe." „Ach Kindchen, " lachte Mechtild. „Das wissen wir doch alles schon längst. Wir waren doch dabei. Nur gesehen hast du uns nicht. Man kann uns nicht sehen, wenn wir es nicht wollen! Das hat auch Kerry zu spüren bekommen. Oder was meinst du denn, wer ihr das Bein gestellt hat, so kurz vor dem Wappen?" „Deshalb ist sie gestolpert?" Tabea musste herzlichen lachen. „Wir haben dir doch gesagt, dass ihr unter unserem Schutz steht. Und was wir versprechen, das halten wir auch." „Ihr seid wirklich die guten Geister dieses Hauses. Wenn ich euch umarmen könnte, würde ich es tun!" „Wer sagt denn, dass du das nicht kannst?", wunderte sich Brunhilde. „Na, ja, " meinte Tabea. Ich dachte immer, Geister und Gespenster sind nicht greifbar, so zu sagen, farbige Luft." „Holla, holla, " mischte sich jetzt Hedwig ein. „Farbige Luft! Für Sterbliche vielleicht, aber in unseren Kreisen sind wir noch sehr massiv. Wie, bitte schön, hätte Mechtild sonst deiner verehrten Frau Mutter ein Bein stellen können? Mmh?" „Entschuldigt bitte! Ihr seid eben die ersten Geister, dich ich kennen gelernt habe." Tabea legte Hedwig versöhnlich die Hand auf die Schulter. Und siehe da, sie fühlte sich wirklich sehr massiv an. Nicht direkt, wie ein Mensch, eher etwas wattig, aber immerhin nicht so, als dass man hätte hindurch langen könnte. „Was ist jetzt?" Mechtild legte die Arme um ihre Freundinnen. „Kollektives Geisterkuscheln angesagt?" „Klar doch! Immer!" Das Trio zog Tabea zu sich heran und es folgte eine lange, geisterkuschelige Umarmung.

## 12. Der 13. Geburtstag

Tom betrachtete sich kritisch im Spiegel. Die Haare stylisch gegelt, die neueste Jeans an, Hemd sitzt perfekt, Stecktuch in der Brusttasche des Jacketts, Krawatte. Jetzt war er seiner Mutter dankbar, dass sie ihm so einen „Kulturstrick" gekauft hatte. „Wenn mal was zu feiern ist, will ich mit keinem Clochard an meiner Seite auftreten. Dass das ein für alle Mal klar ist. Die heutige Mode ist seltsam genug. Die muss ich mir in einem vornehmen Restaurant nicht auch noch mit ansehen. Jedenfalls nicht an meinem eigenen Sohn. Wenigstens ein bisschen Anstand muss sein! Basta!"
Zur Feier des Tages hatte er sich sogar seine seidene Weste angezogen, die er mal preiswert auf dem Flohmarkt erstanden hatte. So konnte er sich sehen lassen, stellte er befriedigt fest. Auf dem Tisch lagen zwei kleine Schachteln. Dunkelblau, mit Samt ausgeschlagen. Tom hatte für Monia und Tabea zwei silberne Freundschaftsringe gekauft. Insgesamt natürlich drei. Er hatte seinen schon aufgesteckt, als Symbol ihrer Zusammengehörigkeit. Er verstaute die kleinen Schatullen in den Jackettaschen und wartete. Um drei Uhr war er eingeladen. Jetzt war es viertel vor. Pünktlichkeit ist die Höflichkeit der Könige, pflegt seine Mutter immer zu sagen.

Genau eine Minute vor drei verließ er die Wohnung, wartete noch, bis der Sekundenzeiger seiner Uhr genau auf der Zwölf stand und klingelte dann bei Magus. Monia öffnete sofort die Tür. Der Duft von leckerem Kakao und frisch gebackenem Kuchen schlug ihm entgegen. Monia hakte sich bei Tom ein und führte ihn in das Wohnzimmer. „Großmutter, darf ich dir den berühmten Tom Wolters vorstellen? Freund des Hauses und Retter der weißen Hexenkunst der Familie Magus!" Eine ältere Dame mit ergrautem Haar und Brille saß im Sessel am Fenster und betrachtete Tom wohlwollend. „So, du bist also der Junge, durch dessen Neugier wir davor bewahrt wurden, dass meine Enkelin die schwarze Magie erlernen muss. Interessant, interessant" Sie sah den Jungen über die Brille hinweg an und lächelte. „Dann weißt du ja über unser Geheimnis Bescheid! Meine Tochter, " sie sah Ruth, die neben ihr stand, liebevoll an, „hat mir auch verraten, dass du äußerst zuverlässig und dazu auch noch sehr verschwiegen bist, was unsere Sache betrifft. Sehr schön, sehr schön! Deshalb haben wir beschlossen, mit Einverständnis von Meister Sebastian, dass du heute um Mitternacht an der Feier teilnehmen darfst, wenn Tabea zur Hexenschülerin gekürt wird. Lässt es sich arrangieren, dass du zu dieser späten Stunde bei unserer Zeremonie dabei bist?" Tom wurde Rot über so viel Lob. „Ja sicher. Ich werde meiner Mutter Bescheid sagen, dass ich heute hier

178

übernachte. Das erlaubt sie bestimmt. Sie hat heute
sowieso wieder Nachtdienst und ist dann immer
ganz froh, wenn ich hier bin." Er beugte sich
vertraulich zu der alten Dame vor. „Sie hat immer
ein schlechtes Gewissen, weil sie mich nachts so
oft allein lässt." Die nickte verständnisvoll mit dem
Kopf.
„Na, dann ist das ja auch geklärt." Ruth wies zum
Tisch. „Wenn ich dann bitten darf? An die
Kaffeetafel, meine Damen und mein Herr!" Tabea
erschien im gleichen Augenblick, mit einer Kanne in
einen der Hand und einem Teller mit Butterkuchen
in der anderen, im Türrahmen. Monia zog Tom auf
den Stuhl an ihrer Seite. „Das ist dein Ehrenplatz.
Du darfst zwischen den Geburtstagskindern sitzen!"
Tabea schenkte den Kakao ein und Monia legte ihm
ein mächtiges Stück Kuchen auf den Teller. „Wie
bist du denn darauf gekommen, dass der Ring in
dem Wappen versteckt ist?" fragte Großmutter
Magus. Tom erzählte, wie er im Computer nach
Hammonia gesucht hatte und von da aus auf das
Wappen gekommen ist. „Und da es in Hamburg
keine Stadtmauer mehr gibt, kann es ja nur etwas
mit dem Wappen zu tun gehabt haben. Da es sich
hier im Hause befinden musste, kam schließlich nur
das aus Gips in Frage.", beendete er seinen
Bericht. „Aber sie waren auch nicht schlecht mit
dem Verstecken." lobte Tom die alte Dame. Er
wurde jetzt etwas lockerer, hatte er doch gleich

Vertrauen zu ihr gefasst „Die lachte hell auf. „Ja, man tut, was man kann!"

Pappsatt saßen die Kinder in Monias Zimmer. Für Tom war jetzt der Augenblick gekommen, den beiden Mädchen ihre Geburtstagsgeschenke zu überreichen. Er stand auf. Verlegen zog er die beiden Schachteln aus den Taschen und hielt sie Monia und Tabea hin. „Herzlichen Glückwunsch zum Geburtstag, ihr beiden!" „Für uns?" Die Mädchen strahlten. „Wow!" Plop! Tabea ließ begeistert eine Kaugummiblase platzen. Monia steckte sich sofort den Ring auf ihren Finger und zeigte ihn Tabea. Die hatte sich auch schon den Ring aufgesteckt und hielt ihre Hand neben Monias. „Toll! Freundschaftsringe! Stark! Und, hast du auch einen?" Tabea ergriff Toms Hand. „Klar! Wir sind doch Freunde! Oder?" Der Junge sah in die Runde. „Absolut!" Monia streckte ihre Hand aus. „Wie bei den drei Musketieren: Einer für alle, alle für einen!" Tabea legte ihre darauf. Tom fasste die beiden Hände. "Richtig!" Einer für alle, alle für einen! Für immer und ewig!" „Für immer und ewig!", bestätigten die Mädchen.

Tom hatte seiner Mutter Bescheid gesagt, dass er bei Magus übernachten wird. Sie war einverstanden. „Ich bin zwar froh, dass ich dich immer allein lassen kann, ohne dass ich Angst haben muss, dass du Dummheiten machst, aber ein schlechtes Gewissen habe ich schon dabei." Frau Wolters strich ihrem Sohn liebevoll durch das Haar. „Zum Glück bist du heute Abend ja nicht allein. Wir müssen mal Frau Magus und die beiden Mädchen zu uns einladen, damit ich sie besser kennen lernen kann. Außerdem kann ich ihr dann sagen, wie dankbar ich bin, dass du ab und zu bei ihnen übernachten darfst." Tom nickte. „Ich werde mal nachfragen, wann sie Zeit haben." Er half seiner Mutter in die Jacke. „Am besten, am nächsten Wochenende. Da hast du doch frei, oder?" „Ja. Das wäre toll. Aber jetzt muss ich zum Dienst. Tschüss, mein Sohn. Wir sehen uns morgen Mittag!" Frau Wolters gab ihrem Sohn zum Abschied einen Kuss und öffnete die Wohnungstür. Tom winkte ihr hinterher, als sie die Treppen hinunter ging, schloss die Tür und war allein. Die Geburtstagsfeier war lustig gewesen, lustig und anstrengend. Besonders das leckere Essen. Großmutter Magus hat eine Menge fremdländische Rezepte mitgebracht und heute viele von denen mit Monia, Tom und Tabea zusammen ausprobiert.

Jetzt saß Tom zuhause auf seinem Bett und wartete, dass die Zeit vergeht. Er sah auf die Uhr. Halb neun. Noch drei Stunden, bis sie zu der Feier bei Meister Sebastian aufbrechen wollen. Er nahm den Wecker, stellte die Weckzeit auf viertel nach elf und legte sich bäuchlings auf sein Bett. „Falls ich einschlafe. Sicher ist sicher, murmelte er." Er ließ die Abenteuer, die er mit den beiden Mädchen erlebt hatte, noch einmal Revue passieren. Das heißt, er wollte. Doch mitten in der Karibik schlief er ein.

„Biep, biep, biep, biep!" Der Wecker riss Tom brutal aus seinen Träumen. Er wusste im ersten Augenblick gar nicht so recht, wo er war. Eben noch surfte er mit den beiden Mädchen in den warmen Gewässern vor der Isla Margerita, jetzt lag er plötzlich in voller Montur auf seinem Bett in Eppendorf? Er rieb sich verwundert die Augen. Ach ja, die Feier! Tom sprang auf und sah an sich herunter. Sein Hemd war zerknittert und die Jeans hoch gerutscht. Er richtete seine Hosenbeine und nahm sich ein frisches Hemd aus dem Schrank. Wenige Minuten später klopfte er im besten Outfit leise an Monias Wohnungstür. Lautlos öffnete sie sich und Tom trat ein. Der Flur war dunkel, nur aus dem Wohnzimmer drang ein leichter Lichtschein unter der Tür hindurch und leises Stimmengemurmel war zu vernehmen. Tom fuhr erschrocken zusammen. Jemand hatte ihn beim Ellbogen gepackt und drängte ihn sanft zu Monias Zimmertür hinüber. „Diesen Weg, junger Herr! Diesen Weg!" Der Junge kannte den fauligen Atem und die devote Stimme. Anscheinend war der Troll Aalfred zum Türdienst abkommandiert worden. Da er, wie alle Trolle, auch bei vollkommener

Dunkelheit hervorragend sehen konnte, hielt er es nicht unbedingt für nötig, die elektrische Beleuchtung einzuschalten, wenn ein Gast erschien.

Toms Herz pochte immer noch von dem Schrecken. „Aalfred, sie sind ein Trottel!" „Ganz ihrer Meinung, junger Herr, ganz ihrer Meinung." Er klopfte dezent an die Tür des Mädchenzimmers und ein vielstimmiges fröhliches „Herein, wenn`s kein Magier ist!" ließ darauf schließen, dass die Mädchen auf jeden Fall schon mal gute Laune hatten. Tom wurde mit großem Hallo begrüßt. Er war nicht darauf gefasst gewesen, gleich von fünf jungen Damen umringt zu werden. „Was ist denn hier los? Lasst mich raten! Wiener Opernball?" Er blickte leicht verwirrt in die Runde. Alle Mädchen steckten in eleganten, bodenlangen, weißen Abendkleidern. Auch Monia, obwohl sie keine Hexenschülerin wird. Aber Ruth meinte, ein weißes Kleid wäre feierlich. Egal, ob man Hexe wird oder nicht. Tabea nahm ihn bei der Hand und zog hin zur Liege. Dort musste er sich hinsetzen, denn nun kam Monia ins Spiel. Sie drückte ihm einen Apfel in die Hand und sprach mit pathetischer Stimme: „Paris, mein Guter, du wirst heute das Zünglein an der Waage sein! Nur du entscheidest, wer von uns fünf Grazien die schönste ist. Reiche dann der Auserwählten diese Frucht und du wirst reichlich belohnt werden!" Tom hatte sofort erkannt, dass die

Mädchen das Urteil des Paris nachempfanden, dass sie letztens im Unterricht durchgenommen hatten. In der griechischen Mythologie sollte Paris entscheiden, welche von den drei Damen die Schönste sei. Athene, Aphrodite oder Hera. Alle drei Grazien versuchten Paris zu bestechen. Letztlich entschied er sich für Aphrodite, weil sie ihm die Liebe der schönsten Frau der Welt, nämlich Helena, versprochen hatte.

Tom stand auf, streckte seinen Arm mit dem Apfel in der Hand theatralisch gen Himmel, sah die fünf Mädchen an, dann wieder den Apfel, dann wieder die Mädchen. Die Spannung stieg. Tom richtete seine Worte an die fünf Schönheiten. „Meine verehrten Damen. Ich weiß die Gunst ihrer Entscheidung, mich als Schiedsrichter auszuerwählen, sehr zu schätzen! Aber!" Er machte eine künstlerische Pause und sah effektvoll in die Runde. „Jawohl, meine Damen! Es gibt immer ein aber im Leben!" Die Mädchen lauschten gebannt seiner Rede. Er blickte noch einmal in die gespannten Gesichter. „Aber!" Die Spannung wuchs ins Unerträgliche. „Aber ich werde eine Deibel tun und mich in Mädchenstreitereien einmischen. Das ging damals schon mit drei Frauen schief. Wie soll das erst mit fünf werden?" Tom ließ sich aufs Sofa plumpsen und biss grinsend in den Apfel. Mit einem kollektiven Wutgeschrei stürzten sich die Mädchen auf ihn. Nur die Tatsache, dass Ruth auf einmal den

Raum betrat, bewahrte ihn vor einer mittelheftigen Lynchjustiz. „Schön, dass die Stimmung hier so gut ist, aber es wird Zeit, dass wir uns hinunter zur Hexentür begeben. Es ist bereits halb zwölf. Wir wollen doch pünktlich bei Meister Sebastian erscheinen. Oder?" Ruth ließ ihren Blick über die Kinder schweifen und verharrte bei dem zerzausten Tom. Sie zog ihre rechte Augenbraue hoch. „Pünktlich und ordentlich. Nicht wahr? Also, in fünf Minuten im Wohnzimmer. Ordentlich!!" Tom wusste bereits, dass es gefährlich werden konnte, wenn Ruth die rechte Augenbraue so in die Höhe zog. Also richtete er schleunigst die Kleidung und brachte seine Frisur in Ordnung. Fünf Minuten später standen alle im Wohnzimmer parat. Tom hatte mittlerweile erfahren, wer die drei anderen Mädchen waren. Es sind auch angehende Lehrhexen, die gleich zusammen mit Tabea eingeschult werden sollen. Die Eltern der Mädchen waren auch im Wohnzimmer anwesend. Dazu kam noch Großmutter Magus, Ruth, Monia, Tabea, Tom und natürlich der Göggetroll. Ruth hatte vorgeschlagen, dass sich die ganze Gesellschaft hier im Hause traf, bevor sie durch die Hexentür im Gewölbe das Reich des Meisters Sebastian betreten würden. Dort wird nämlich die Feier stattfinden, bei der die vier Mädchen zu Lehrhexen ernannt werden.

Tabea sah sich suchend um. „Vermisst du deine Mutter?" Ruth hatte bemerkt, dass das Mädchen irgendjemand suchte. Tabea lachte hell auf. „Nein, die ganz bestimmt nicht! Jalila wollte doch kommen. Versprochen hat sie es auf jeden Fall." „Bis jetzt war sie noch nicht hier. Aber es ist ja auch noch keine zwölf. Vielleicht kommt sie noch." Ruth legte tröstend den Arm um das Mädchen und drückte sie sanft an sich. „Die kommt bestimmt noch. Glaube mir. Auf Jalila ist bis jetzt immer Verlass gewesen." Dann erhob sie ihre Stimme. „So, meine Herrschaften! Es wird Zeit, dass wir uns in den Keller begeben. Lassen sie mich mal kurz durchzählen!" Sie tippte mit dem Zeigefinger in der Luft herum und bald stand fest, fünfzehn Personen hielten sich in dem kleinen Wohnzimmer auf. „Und ich möchte sie bitten, jetzt einzeln und möglichst leise in den Keller zu gehen. Wir wollen doch unseren Nachbarn nicht allzu sehr auf uns aufmerksam machen. Aalfred wird schon vorausgehen und sie im Keller erwarten. Ich danke für ihr Verständnis!"

Die Gäste gingen in kleinen Abständen fast lautlos die Treppe hinunter. Perfekte Hexendisziplin eben. Im Luftschutzgewölbe angekommen hakte sich Ruth bei ihrer Mutter ein und öffnete die Hexentür.

## 13. Das Fest

Tom betrat den Kuppelsaal und sah sich erstaunt um. Der Saal, den er als Bibliothek in Erinnerung hatte, war jetzt prächtig geschmückt und erstrahlte im festlichen Kerzenglanz. Im Hintergrund spielte ein Quartett leise Kammermusik. Auf dem Sockel, wo sonst der Arbeitstisch stand, erhob sich jetzt ein Podest, auf dem, hinter einem, mit goldenem Vlies verkleideten Tischs, drei feierlich gekleidete Personen saßen. Auf der rechten Seite Meister Sebastian. Den kannte Tom ja schon. Auf der linken ein, in Ehren ergrauter, ernst dreinschauender Magier der höheren Kategorie. Und in der Mitte Jalila. Tom winkte ihr zu. Aber Jalila schien heute Abend einen wichtigen Posten zu bekleiden. Sie reagierte nicht auf sein Winken, blinzelte ihm aber heimlich zu. Hinter Tom betraten auch Tabea und Monia den Festsaal. Auch sie sahen sich beeindruckt um. „Da hat aber jemand ziemlich viel Staub wischen müssen", stellte Monia staunend fest. „Wieso?" fragte Tabea. „Ach ja, du bist ja noch nie hier gewesen. Also, eigentlich ist das hier das Labor, die Bibliothek und Hörsaal in einem. Als ich das letzte Mal hier war, na ja, genau genommen war es ja auch nur einmal, standen überall Regale mit hunderten von Büchern herum. Überall lag fingerdick Staub und in den Ecken hingen Spinnweben, dick wie Taue." Tabea nickte ernsthaft, als wenn sie Monias Übertreibungen bedingungslos glauben würde. „Dann haben die hier anscheinend kein Staub gewischt, sondern Staub geschaufelt. Und die Spinnweben wurden sicher mit Macheten entfernt. Ja, ja, die Putzfrauen heutzutage haben schon ein hartes Los, " seufzte sie. Tom musste über Tabeas Flachserei lachen. Dann stand Ruth auf einmal hinter ihnen und legte Tabea ihre Hand auf die Schulter. „Schau mal dort rüber!" Sie wies auf das Podest. „Sieh mal, wer dort sitzt!" „Jalila!" lachte Tabea erfreut. „Hat sie ihr Versprechen also doch eingehalten. Aber was macht sie denn da auf da oben?" Jetzt erhob sich Meister Sebastian feierlich. „Keine Ahnung", raunte ihr Ruth zu. „Aber jetzt ist es soweit. Es geht los. Und du stellst dich am besten dort zu den anderen. Die warten schon auf dich" Sie wies zu der kleinen Gruppe Novizinnen hinüber, die schon sichtlich nervös zu ihnen herüber blickten und winkten. Tabea beeilte sich, zu ihnen zu kommen und auch Ruth nahm mit Tom und Monia ihre Plätze ein. Meister Sebastian klopfte an sein Glas und es wurde still im Saal.

„Liebe Gäste, liebe angehenden Hexenschülerinnen! Ich heiße euch im Namen aller Ratsmitglieder zu dieser Zeremonie herzlich willkommen. Es ist mir eine wahre Freude, ihnen mitteilen zu können, dass sich diesmal gleich vier Anwärterinnen für unsere Zunft entschieden haben."

188

Beifall setzte ein. Tabea wurde jetzt erst bewusst dass nun alle Augen auf sie und ihre Kolleginnen gerichtet waren. Meister Sebastian fuhr fort. „Außerdem möchte ich ihnen den Großmeister Durban vorstellen. Er ist für die deutschsprachigen Regionen Europas zuständig." Der Großmeister verneigte sich und wieder setzte Applaus ein. „Und als neue Leiterin der Hexenschule begrüße ich, zu unserer aller Freude, Jalila, vor der man Respekt hat!" Tosender Beifall setzte ein. Anscheinend war Jalila sehr beliebt in Hexenkreisen. Als der Applaus vorüber war übergab Meister Sebastian Jalila das Wort und setzte sich. Die erhob sich und blickte in die Runde. „Liebe Freunde, liebe Mädchen, Ich begrüße sie allerherzlichst zu dieser feierlichen Stunde der Einschulung. Ich muss ihnen eingestehen, ich bin etwas nervös. Nervös deshalb, weil es meine erste Einschulung ist. Aber im Gegensatz zu den Mädchen wird es nicht meine einzige bleiben. Das hier ist also sozusagen die Generalprobe für alle die, die da noch folgen werden. Man sagt ja, wenn die Generalprobe besonders schlecht ausfällt, wird die Premiere erst richtig gut. Nun, ich will hoffen, dass heute Abend die Ausnahme mal die Regel bricht. Ich danke ihnen jetzt schon für ihr Verständnis." Sie räusperte sich. „Ich habe mich sehr genau auf die heutige Feier vorbereitet und als ich die Annalen der Hexenkunst studierte, musste ich feststellen, dass wir heute

189

noch einen Grund mehr haben, zu feiern! Vor genau fünfhunderfünfundfünfzig Jahren hatten wir den letzten Sterblichen unter uns. Und überhaupt, seit dem Beginn der Aufzeichnungen ist er erst der dritte Mensch, dem wir erlauben, in unserer Mitte zu wandeln. Darf ich vorstellen, Tom Wolters!" Sie wies auf Toms Platz und plötzlich saß er mitten in einem grellen Licht, wie von einem Scheinwerfer angestrahlt. „Wenn das keinen Applaus wert ist, meine Damen und Herren?" Tom wurde rot. Alle Blicke waren auf ihn gerichtet. Es standen sogar einige auf, um ihn zu sehen. Ruth stupste ihn in die Seite. „Steh auf, du musst dich verbeugen!" Tom wurde noch röter. Er stand auf, verbeugte sich und setzte sich schnell wieder hin. Ihm war die ganze Sache einerseits überaus peinlich, erfüllte ihn aber andererseits unheimlich mit Stolz. „Erst der dritte Sterblich seit dem Aufzeichnen der Jahrbücher! Toll!" dachte er. Nur zu schade, dass er es niemanden in der Menschenwelt erzählen durfte. „Ihm haben wir es zu verdanken, dass der Ring der Familie Magnus rechtzeitig gefunden wurde. Danke schön und noch einmal einen herzlichen Applaus für Tom." Jalila wies noch einmal auf den Jungen. Als sich der Beifall gelegt hatte fuhr sie fort: „Wir beginnen nun mit der Vereidigung der Mädchen! Ich werde sie in umgekehrter alphabetischer Reihenfolge aufrufen. Zuerst bitte Tabea Magus!" Tabea wurden die Knie weich. Sie gleich als erste?

Doch bevor sie den ersten Schritt tun konnte, zerriss ein Schrei die feierliche Stille. „Neiiin!" Alle drehten sich erschrocken um. Hinter ihnen stand Kerry, die Hände in die Seiten gestemmt, mit zerzausten Haaren und wütenden Blick. „Ich werde es nicht dulden, dass meine Tochter eine weiße Hexe wird! Sie ist meine Tochter und sie hat das zu tun, was ich ihr sage! Weiße Hexe! Lächerlich! Was willst du damit anfangen? Macht kannst du nur erlangen, wenn du über mächtigen Zauber verfügst. Und den erhältst du nur durch schwarze Magie! Entscheide dich! Kräuterhumbug oder Macht! Eines geht nur! Sage jetzt hier, vor diesem Publikum, dass du eine schwarze Hexe werden willst. Sofort! Wenn du allerdings weiterhin darauf bestehen willst, eine weiße Hexe zu werden, werde ich mich jetzt hier und vor allen Leuten von dir lossagen! Entscheide dich!" Sie ging mit ausgestrecktem Finger auf Tabea zu. Tabea schüttelte den Kopf. „Ich habe mich entschieden! Ich will eine weiße Hexe werden. Weiß und gut. Ich habe lange genug mit ansehen müssen, wie dich die schwarze Magie und deine Gier nach Macht zerfressen hat. Von Jahr zu Jahr hat sie dich bösartiger und gemeiner gemacht. Und wenn du dich jetzt von mir los sagen willst, umso besser für mich. Dann muss ich auch nicht mit ansehen, wie du als Hexe der untersten Kategorie elendig zu Grunde gehst." Kerry zog tief durch die Nase Luft ein. „Ist das dein letztes Wort?" „Ja, mein allerletztes!" „Dann sind wir geschiedene Leute! Auf nimmer Wiedersehen!" Sie drehte sich um und rannte Richtung Hexentür. Doch die schloss sie sich mit einem ohrenbetäubenden Knall. Es schob sich ein gewaltiger Riegel vor und verwehrte ihr den Rückweg. Jalilas Stimme donnerte „Halt!" Kerry blieb wie angewurzelt stehen und drehte sich dann langsam um. Jalila hatte sich erhoben und deutete Kerry, näher zu kommen. „Was hast du hier zu suchen? Du stehst immer noch unter Bann und hast nicht das Recht, hier zu sein. Meister Sebastian hat mir berichtet, mit welchen hinterlistigen Mitteln du versucht hast, an den Ring zu gelangen. Und das du andere Hexen in deine Intrigen mit hineingezogen hast. Sogar drei Einbrüche hast du begangen und eine Geiselnahme, um an den Ring zu kommen. Nun, leider kann ich das alles nicht ahnden, weil du für die Zeit der Ringsuche Immunität genossen hast. Aber dass du dich unerlaubt von deinem Verbannungsort entfernt hast, beziehungsweise gar nicht erst zu ihm zurückgekehrt bist, hat jetzt und sofort seine Folgen. Gib mir den Ohrring!" Kerry griff sich erschrocken an das Ohr. „Nicht den Ohrring! Bitte, nicht den Ohrring! Alles andere ja, aber, bitte, bitte, nicht den Ohrring. Verbann mich doch einfach noch hundert Jahre länger. Das ist doch viel besser. Oder vielleicht sogar zweihundert Jahre?" Die Hexe sank langsam schluchzend auf die Knie nieder. Unter

Jalilas strengem Blick entfernte sie mit zittrigen Fingern den Ohrring der Zauberkraft aus ihrem Ohr. Mit bebender Hand übergab sie der Schulleiterin das wichtigste Symbol der Hexenkunst. Alle anderen Hexen, die sie kannten, konnten jetzt sogleich erkennen, dass sie entmachtet wurde. Welche eine Schande. „Du bekommst ihn nach Ende deiner Verbannung vom Hexenrat zurück. Genauer gesagt, von Mama Ro. Dort kann sich der alte Nick auch seine neue Kristallkugel abholen. Das ist auch ein Grund für diese harte Strafe. Durch deine Machtgier hast du fremdes Eigentum zerstört. Und deshalb wirst auch den Rest deiner Verbannung an der Seite vom alten Nick verbringen und ihn Tag ein, Tag aus, zum Fischen begleiten, um die Kristallkugel abzuarbeiten. Und jetzt geh!" Sie wies streng mit dem Finger zur die Hexentür. „Du darfst sie ein letztes Mal benutzen. Danach ist sie für dich tabu." Mit einem Fingerschnipp ließ sie den schweren Riegel hochklappen und eine gebrochene Kerry trat ihre vorerst letzte Reise durch die magischen Türen an.

Ein Raunen ging durch den Saal ob dieser harten Bestrafung. Jalila räusperte sich. „Ich muss mich für diese kleine Unterbrechung entschuldigen. Aber es gibt eben Dinge, die müssen sofort erledigt werden. Sofort erledigen muss ich auch diese Sache. Kerry hat sich von ihrer Tochter losgesagt. Sie wurde also von ihrer eigenen Mutter verstoßen! Das heißt aber nach unseren Statuten, das Tabea nun ohne Familie kein Hexenlehrling mehr werden kann." Wieder ging ein Raunen durch den Saal. Jalila hob beschwichtigend die Hand. „Das heißt aber nicht, dass alles schon verloren ist für sie. Ich bin befugt, in solchen Fällen eine Blitzadoption durchzuführen. Natürlich nur, wenn Tabea einverstanden ist." Sie sah Tabea fragend an. Die nickte heftig mit dem Kopf. „Dann ist ja alles klar! Ist hier unter ihnen jemand bereit, außer Mitglieder der Sippe Magus, Tabea zu adoptieren?" Atemlose Stille im Saal. „Ich frage noch einmal! Ist jemand hier bereit, Tabea zu adoptieren?" Man hätte eine Stecknadel fallen hören können. Jalila tippte ungeduldig mit ihren Zeigefinger auf den Tisch. Ihre Stimme wurde schärfer. „Keiner?" „Doch! Ich!" Mama Ro trat aus der Hexentür. „Ich bin bereit dieses liebenswerte Mädchen zu meiner Tochter zu machen!" „Mama Ro!" Tabea hielt es nicht auf ihrem Platz. Sie stürmte auf die Schamanin zu und fiel ihr um den Hals. „Danke, Mama Ro! Danke! Danke vielmals! Jetzt habe ich endlich eine Mutter, zu der ich aufsehen kann, und nicht eine, die ich fürchten muss. Danke, danke, danke!" Mama Ro wischte sich verstohlen eine Träne aus dem Augenwinkel. „Lass man gut sein, meine Kleine. Ich war doch immer für dich da. Also ändert sich im Grunde genommen gar nichts zwischen uns."

194

Jalila hatte die ganze Szene mit einem Lächeln angesehen. „Dann können wir ja mit der Zeremonie fortfahren! Oh! Nein! Halt! Ich habe etwas vergessen. Erst einmal bestätige ich hiermit offiziell die Adoption. Tabea, du kannst deine neuen Papiere am Montag bei deinem zuständigen Ortsamt abholen. Du weißt ja! Beim Magistrat für zwischenpolitische Sonderbeauftragte. Die wissen dann schon Bescheid. Außerdem, da Tabea jetzt nicht mehr zur Familie Magus gehört, sondern jetzt eine Gonzales ist, steht es jetzt Monia frei, ob sie nicht doch noch eine Hexe werden will." Jalila blickte fragend zu Monia hinüber. Die wiederum sah zu ihrer Mutter hoch. „Das ist deine eigene Entscheidung." Ruth zuckte mit den Schultern. „Die kann ich dir beim besten Willen nicht abnehmen." Monia zögerte. Ihre Mutter wäre bestimmt stolz auf sie. Und als sie gesehen hatte, in welch kurzer Zeit das schwerverletzte Huhn sich unter Jalilas Händen erholt hatte, war sie doch stark beeindruckt. „Ich mache es!" Sie sprang auf und rief laut und entschlossen: „Ja! Ich möchte gerne eine weiße Hexe werden!" Unter tosendem Applaus ging Monia nach vorne zu den anderen Mädchen. „Du wirst deine Entscheidung nicht bereuen. Da ihr meine ersten Einschüler seid, nehme ich euch alle hiermit unter meinen persönlichen Schutz!", beschloss Jalila. Wieder setzte frenetischer Beifall ein. „Jetzt kommen wir aber endgültig zur Zeremonie. Trotz des Namenswechsels hat sich die Reihenfolge nicht geändert. Tabea, tritt bitte vor." Tabea trat vor das Podest und sah Jalila ernst an. Die befahl: „Heb die rechte Hand und sprich mir nach: Ich schwöre, dass ich fortan nach den Regeln des Hexenordens des erhabenen Columbans leben und dienen werde. Ich schwöre, dass ich mein Wissen, dass ich dabei erlangen werde, nur zum Guten und Wohl anderer, nie aber zu meinem eigenen Vorteil und Gewinnstreben nutzen werde. Bei Columban! Tabea sprach diesen Eid feierlich nach. Danach erhielt sie den Ring des erhabenen Columban von Jalila auf den Finger gesteckt. „Von nun an heißt du in unseren Kreisen Augustina. Das heißt, die Erhabene. Wer sich gegen so eine Mutter durchgesetzt hat, steht schon ein gutes Stück über den Dingen. Deshalb dieser Name" Tabea knickste und begab sich mit stolzgeschwellter Brust auf ihren Platz. Jetzt war Monia an der Reihe. Auch sie legte den Eid ab und erhielt den Ring von Jalila Es war der Novizinnenring ihrer Großmutter. Tabea hatte den von ihrer Adoptivmutter, Mama Ro, übernommen. Stolz hielt Tabea ihre Hand Ruth vor die Nase. Die gab ihrer Nichte einen dicken Kuss auf die Stirn. „Willkommen in Hexenkreisen, Augustina!" Auch Monia bekamen so einen dicken Kuss. Fortan war ihr Name Aurica. Nun hieß sie, wie ihre Mutter, die Goldene.

Die Spannung hatte sich gelegt, das Buffet war eröffnet und es herrschte eine fröhliche Stimmung. Ruth stand etwas am Rande des Geschehens und stärkte sich mit den Köstlichkeiten des kalten Buffets. Auf einmal trat Jalila an sie heran. „Ich habe dir ja versprochen, dass ich zur Einschulung komme!" Ruth lachte. „Ja, aber nicht, in welcher Eigenschaft. Allmählich verstehe ich, warum du mir nicht weiterhelfen konntest. Gib es zu! Du wusstest damals schon, dass du heute hier die Schulleiterin wirst. Stimmt`s?" Jalila lächelte schelmisch. „Ich habe es dir ja gesagt. Bald wirst du es verstehen. Und es ist ja besser gelaufen, als ich gedacht habe. Schließlich haben wir jetzt beide Mädchen untergebracht. Wenn das kein Erfolg ist!" „Richtig!" bestätigte Ruth. „Und darauf müssen wir anstoßen. Aber garantiert nicht mit Otternschweiß!" Sie hakte sich bei ihrer Freundin ein und beide zogen ab, in Richtung Sektbar.

Mama Ro packte sich am kalten Buffet die leckersten Sachen auf den Teller. Alle waren gut gelaunt. Nur Tom stand in der Ecke herum und machte ein langes Gesicht. Mama Ro kam mit ihrem Teller stracks auf ihn zu. „Was ist los mit dir? Freust du dich nicht für deine Freundinnen?" Tom seufzte. „Ach Mama Ro, das ist alles so schwer. Tabea geht jetzt mit dir in die Karibik, Monia muss doch wahrscheinlich unheimlich viel lernen, um das

Pensum in der neuen Schule zu schaffen, und ich guck mal wieder in die Röhre." Mama Ro drückte dem Jungen ihren Teller in die Hand. „Nun iss mal erst mal tüchtig etwas. Du wirst deine Kraft brauchen. Denn Tabea bleibt hier in Hamburg, bei Ruth. Das habe ich eben mit ihr abgesprochen. Die beiden Mädchen verstehen sich so gut, die wollen wir nicht wieder trennen. Jetzt, wo ich das Aufenthaltsbestimmungsrecht habe, kann ich auch dafür sorgen, dass sie hier bleibt. Und die Hexenschule wird sie auch nicht mehr, als andere Schulen in Anspruch nehmen. Unsere Hexenmeister haben da schon ein paar hundert Jahre Erfahrung damit, wie man junge Hexen ausbildet, ohne sie zu überfordern. Du siehst, du brauchst also gar keine Angst zu haben, dass deine Freundinnen keine Zeit mehr für dich haben. Und deshalb brauchst du jetzt viel Kraft" Sie schob ihm seine Hand mit dem Teller direkt vor die Nase und lächelte. „Ach übrigens! Die Mädchen wissen noch nichts von ihrem Glück. Deshalb Pssst!" Sie legte ihren Zeigefinger auf die Lippen, lächelte noch einmal und verschwand wieder in Richtung kaltes Buffet.

Tabea und Monia hatten sie die ganze Zeit mit ihren zukünftigen Klassenkameraden unterhalten und waren jetzt auf der Suche nach Tom. „Zu schade, dass die guten Hausgeister die Zeremonie nicht

gesehen haben. Das hätte sie sicher gefreut, "
seufzte Tabea. „Wer sagt dir denn, dass wir nicht
dabei waren?" kicherte es leise hinter den beiden
Mädchen. Tabea und Monia fuhren herum.
„Hedwig, Mechtild, Brunhilde! Schön euch zu...
sehen?" Aber hinter ihnen stand niemand. „Wir
ziehen es vor, bei so viel Trubel unsichtbar zu
bleiben. Nun hat es ja doch noch ein Happy End
gegeben. Und wem habt ihr es zu verdanken?"
„Euch natürlich!" riefen beide Mädchen wie aus
einem Mund. „Ach, wegen des Beinstellens?" Der
Stimme nach sprach jetzt Mechtild. „Das haben wir
nur gemacht, weil wir keine schwarze Hexe im Haus
haben wollten. Die bringen immer so viel Unruhe
mit. Darauf können wir gerne verzichten." Jetzt
meldete sich Brunhilde: „Nein! Tom habt ihr alles zu
verdanken. Wäre er Monia nicht in den Keller
gefolgt, würde jetzt vielleicht ein
Schwarzehexelehrling neben uns stehen. Also, nun
bedankt euch mal schön bei eurem Retter!" Die
Mädchen sahen sich an. „Ja, und wie?" Wären die
Geister jetzt sichtbar gewesen, hätten die beiden
sehen können, wie sie ihre Augen verdrehten. „Wie
alt seid ihr eigentlich? Fünf? Ein richtiger Kuss hat
einem Jungen in diesem Alter noch nie geschadet."
Die Mädchen lachten verlegen. „Wenn ihr meint."
Plop! Tabea ließ ihre obligatorische Kaugummiblase
platzen und grinste. „Wie sagte Jalila vorhin noch so
schön? Es gibt Dinge, die müssen sofort erledigt

werden." Sie nahm Monia bei der Hand und zog sie mit sich fort.

Tom stand noch immer mit dem Teller in der Hand am selben Platz und ließ es sich schmecken. Plötzlich standen Tabea links und Monia rechts neben ihm und drückten ihm einen mächtigen Schmatz auf die Wangen. „Danke für alles!" Tom war verdutzt. „Womit habe ich denn das verdient?" Plötzlich stand Meister Sebastian hinter ihnen. „Junger Mann, du hast anscheinend noch viel zu lernen. Merk dir eins! Wenn dich schöne Mädchen küssen, nicht fragen, genießen!" Er zwinkerte dem Jungen schelmisch zu und löste sich in Luft auf.